GOLDMANN

Im Goldmann Verlag
liegen bereits folgende Bände der
DRACHENLANZE-Saga vor:

Die Chronik der DRACHENLANZE

1. Drachenzwielicht (24510) • 2. Drachenjäger (24511) • 3. Drachenwinter (24512) • 4. Drachenzauber (24513) • 5. Drachenkrieg (24516) • 6. Drachendämmerung (24517)

Die Legenden der DRACHENLANZE

1. Die Brüder (24527) • 2. Die Stadt der Göttin (24528) • 3. Der Krieg der Brüder (24530) • 4. Die Königin der Finsternis (24531) • 5. Der Hammer der Götter (24533) • 6. Caramons Rückkehr (24534)

Die Geschichte der DRACHENLANZE

1. Die Zitadelle des Magus (24538) • 2. Der Magische Turm (24539) • 3. Die Jagd des Toede (24540) • 4. Der Zauber des Palin (24541) • 5. Der edle Ritter (24542) • 6. Raistlins Tochter (24543)

Das Heldenlied der DRACHENLANZE

1. Das Ehrenwort (24587) • 2. Verrat unter Rittern (24589) • 3. Das Schwert des Königs (24591) • 4. Heldenblut (24593) • 5. Unter dunklen Sternen (24594) • 6. Die Stunde des Skorpions (24595)

Der Bund der DRACHENLANZE

1. Ungleiche Freunde (24602) • 2. Die Erben der Stimme (24603) • 3. Die Stunde der Diebe (24604) • 4. Finstere Pläne (24605) • 5. Das Mädchen mit dem Schwert (24606) • 6. Verspätete Rache (24607)

Weitere Bände in Vorbereitung.

MICHAEL WILLIAMS

Der Bund der Drachenlanze 7

SCHATTENREITER

Aus dem Amerikanischen
von Imke Brodersen

DRAGONLANCE™

GOLDMANN VERLAG

Das Buch erschien im Original unter dem Titel
»Dragonlance Saga, Meetings Sextet,
Volume Four: The Oath and the Measure / Chapters 1–12«
bei TSR, Inc., Lake Geneva, WI, USA

Umwelthinweis:
Alle bedruckten Materialien dieses Taschenbuches
sind chlorfrei und umweltschonend.
Das Papier enthält Recycling-Anteile.

Der Goldmann Verlag
ist ein Unternehmen der Verlagsgruppe Bertelsmann

Deutsche Erstveröffentlichung 11/95

Published in the Federal Republic of Germany
by Wilhelm Goldmann Verlag, München
Deutschsprachige Rechte beim
Wilhelm Goldmann Verlag, München
Umschlaggestaltung: Design Team München
Umschlagillustration: TSR/Schlück, Garbsen
Satz: deutsch-türkischer fotosatz, Berlin
Druck: Elsnerdruck, Berlin
Verlagsnummer: 24673
Redaktion: Andreas Helweg/SN
Herstellung: Peter Papenbrok
Made in Germany
ISBN 3-442-24673-3

1 3 5 7 9 10 8 6 4 2

Für Margaret Weis

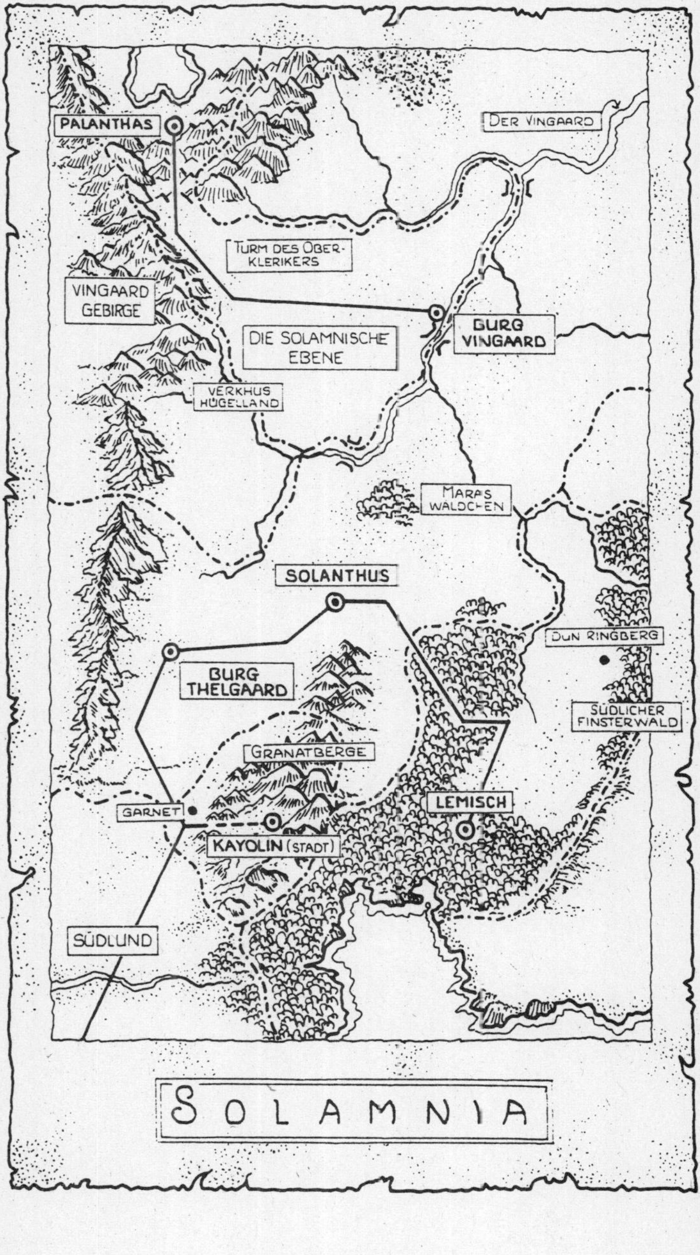
PALANTHAS
DER VINGAARD
TURM DES OBER-KLERIKERS
VINGAARD GEBIRGE
BURG VINGAARD
DIE SOLAMNISCHE EBENE
VERKHUS HÜGELLAND
MARAS WALDCHEN
SOLANTHUS
DUN RINGBERG
BURG THELGAARD
SÜDLICHER FINSTERWALD
GRANATBERGE
LEMISCH
GARNET
KAYOLIN (STADT)
SÜDLUND
SOLAMNIA

Kapitel 1

Bankett mit Überraschungen

Fürst Alfred Merkenin wurde unruhig, während er vor seinem Platz am Tisch wartete. Er bekam eine Gänsehaut und rieb sich die Hände wieder warm, bevor er seinen Blick durch den Ratssaal wandern ließ. Heute abend wogte darin ein kaltes Fahnenmeer.

Die Standarten der großen Familien von Solamnia wirkten im flackernden Fackelschein merkwürdig gespenstisch. Die alten Stoffe, einst dick und glänzend, jetzt vom Alter fadenscheinig, hoben sich leicht und bewegten sich im Winterwind, der durch die zugige Halle wehte. Natürlich war das Wappen von Merkenin dabei, und die an den Haaren herbeigezogenen Wappen der Häuser Kar-thon und MarThasal, miteinander verknüpfte Darstellungen von Sonnen, Eisvögeln und Sternen. Dazwischen prangten stolz das Rosendickicht von Uth Wistan und der Phönix des Hauses Peres. Die niederen Häuser – Inverno und Kronenhüter und Ledyard und Jeoffrey – waren ebenfalls vertreten. Die ersten Zeremonien waren abgeschlossen, und dreihundert Ritter von Solamnia setzten sich, um den Tod des Jahres abzuwarten.

Ist dies nicht schließlich Anfang und Ende der Julzeit, fragte sich Fürst Alfred, als der dumme Jack, der eigentlich der Gärtner war, umständlich die Kerzen auf dem Tisch anzündete. Der Tod eines weiteren Jahres?

Der mächtige Ritter, Hofrichter des Ordens von Solamnia, setzte sich wenig erwartungsvoll auf seinem hochlehnigen Mahagonistuhl am Kopf der längsten Tafel zurecht. Er fürchtete das Unwägbare, und zweifellos näherte sich Unwägbares, während der Kerzenschein heller wurde. Er sah sich um, blickte in die Gesichter seiner Kohorten und Offiziere. Es waren viele, so unterschiedlich wie Edelsteine, und in ihren Augen konnte er ihre Gedanken zu diesem feierlichen Abend ablesen.

Fürst Gunthar Uth Wistan saß zu seiner Linken. Untersetzt und kaum dreißig, doch das Haar bereits stahlgrau. Nach Fürst Bonifaz Kronenhüter, dessen Ehre schon Legende war, war Gunthar der beste Schwertkämpfer bei diesem Bankett. Solche Männer hatten stets wenig für derartige Zeremonien über, die ihnen irgendwie zu zahm und zu nett vorkamen. Fürst Alfred fühlte mit seinem Freund und beobachtete ihn weiter. Gunthar wünschte sich ganz eindeutig, das alles wäre schon vorbei – vom Essen über das Ritual bis zu den großartigen Unterbrechungen. Unruhig starrte er durch die wahre Armada von Standarten zu der Stelle, an der die Dunkelheit Seide, Leinen und Damast fast verschluckte, an der Fürst Bonifaz, sein nur äußerlich freundlicher Rivale, in einem Pulk junger Anhänger saß. Lauter Knappen, die seine Haltung nachahmten und den berühmten Mann um seine Schwertkunst beneideten.

In jenen Schatten konnte man eine ähnliche Ungeduld erahnen. Obwohl Gunthar behauptete, Bonifaz ertrüge bei all seiner Hingabe an Eid und Maßstab das Warten mit mehr Anstand, fand Alfred, daß die Nervosität und das Schweigen des großen Ritters noch einen weiteren Grund haben müsse. In Gunthars Denkweise bedeutete eine Zeremonie nur eine Verzögerung zwischen den Schlachten, für Bonifaz hingegen war sie die wahre Schlacht.

Zur Rechten von Fürst Alfred hatte mit hörbarem Knacken der Knochen und stillem Seufzer Fürst Stephan Peres Platz genommen, ein alter Haudegen auf steifen, aber erstaunlich standhaften Beinen. Alfred lehnte sich zurück, trommelte mit den Fingern auf die dunklen Armlehnen und hob dann die rechte Hand. Auf dieses Zeichen hin setzte die Musik ein. Es war ein behäbiger Marsch, langsam und melancholisch, wie es dem Ende des Jahres 341 nach der Umwälzung angemessen war.

Neben dem Hofrichter lächelte Fürst Stephan milde in seinen dichten Bart. Er war ein hochgewachsener, schlanker Mann, der, anders als die anderen älteren Ritter, weder Gewicht angesetzt hatte noch in Träumen versunken war. Es hieß, sein exzentrisches Wesen hätte ihm seine Gesundheit erhalten – das und die Gabe, sich über fast alles zu amüsieren, was im Turm und im Orden geschah.

Heute abend aber fiel dem Alten das Lachen schwer. Das Ende seines fünfundachtzigsten Jahres rückte heran, und damit – wie immer – diese Zeremonie des Gedenkens, bei der die Säle voller Fahnen waren. Er war das alles leid: den Pomp, die Trompeten, den endlosen Winter, den bitterkalten Dezemberwind aus dem Vingaard-Gebirge.

Fürst Stephan hob das Glas, und mit gesenkten Augen füllte Jack es erneut mit bernsteinfarbenem Kharoliswein. Durch das goldene Glitzern betrachtete Stephan den Knappentisch neben dem Tisch von Fürst Bonifaz. Er konzentrierte sich dabei auf eine einzige, flackernde Kerze im Dämmerlicht, welches die Zeremonie vorschrieb.

Neben dieser Kerze saß gedankenverloren ein junger Mann. Es war Sturm Feuerklinge. Ein Südländer aus Solace, obwohl seine Familie aus dem Norden stammte und von jeher dem Orden angehörte.

Das Ebenbild von Angriff Feuerklinge, dachte Fürst Stephan. Von Angriff Feuerklinge und von Emelin vor ihm, und von Bayard und Helmar und jedem Blitzklinge bis zurück zu Bertel, der die Linie im Zeitalter der Macht begründet hatte.

Sturm hätte sich über Stephans Gedanken gefreut, denn schließlich war er nach sechsjährigem Exil in das geplagte Solamnia zurückgekehrt, um seinen Platz in dieser Reihe einzunehmen. Mit zehn Jahren hatte man ihn in einer Winternacht aus Schloß Feuerklinge herausgeschmuggelt, und sein Vater existierte für ihn kaum mehr als Person, sondern nur noch in einigen wenigen Bildern und Episoden. Von Anfang an hatte Angriff Feuerklinge sich auf die solamnischen Pflichten konzentriert und den Jungen der Obhut seiner Mutter und der Dienerschaft überlassen.

Sturm jedoch hatte sich aus seinen spärlichen Erinnerungen, aus den Geschichten seiner Mutter und zweifellos aus eigener Phantasie einen Vater zusammengereimt. Angriff wurde immer netter und mutiger, je länger der Junge von ihm träumte, und solche Träume wurden seine einzige Zuflucht in Abanasinia, fern von den Höfen von Solamnia, unter gleichgültigen Südländern in einem unbedeutenden Nest namens Solace. Dort erzog ihn seine Mutter, Fürstin Ilys, mit mehr Tutoren als Freunden, dort lehrte sie ihn höfisches Benehmen, die alten Sagen und die Geschichte der Familie …

Und verdarb ihn, sinnierte Fürst Stephan lächelnd, für alles andere als die Ritterschaft von Solamnia.

Ilys war an der Pest gestorben. Es hieß, der Junge hätte seine wenigen Freunde fortgeschickt, um allein und schweigend die vorgeschriebene Totenwache zu halten. In jenem Herbst kümmerten sich die Fürsten Gunthar und Bonifaz, einst Angriff Feuerklinges engste Freunde, darum, daß Sturm nach Burg Thelgaard zurückkehrte, um dort weiter für den Orden erzogen zu werden.

Sturm hatte sich im Norden nicht leicht eingelebt. Er war intelligent, soviel war sicher, und die Jahre der stolzen Armut hatten ihn auf manche Weise abgehärtet, um die die Jungen aus dem Norden ihn insgeheim beneideten: Er kannte sich in den Wäldern aus und konnte wie ein erfahrener Ritter reiten. Aber sein südländisches Verhalten und das altsolamnische Getue kamen den modernen jungen Männern, den Knappen und Rittern der wichtigen solamnischen Familien, wie Überbleibsel aus der vorherigen Generation vor. Sie nannten ihn »Opa Sturm« und lachten über seinen Dialekt, die unendlich vielen Werke, die er auswendig kannte, und seine Versuche, sich einen Schnurrbart wachsen zu lassen.

Einst hatten sie auch seinen Vater verlacht, überlegte Stephan. Einige hatten noch bis zur Nacht der Belagerung gelacht.

Es war schwer für Sturm, nicht nur heute, sondern jeden Abend.

»Wo ist denn *dein* Banner, Feuerklinge?« zischte ihm Derek

Kronenhüter spöttisch zu. Er war der Neffe des großen Schwertkämpfers und unermeßlich stolz auf seine Familienbande, auch wenn er bis jetzt nicht bewiesen hatte, ob er mit seinem legendären Onkel mehr als Blut und Namen gemein hatte.

Derek grinste höhnisch, doch seine dicken Kumpane, lauter Anhänger der Kronenhüter von Nebelhafen, unterdrückten ihr Lachen. Zwei von ihnen starrten nervös zur großen Tafel hinüber, wo die versammelten Fürsten ganz in Erinnerungen und Rituale vertieft dasaßen, vom ältesten Sagenmeister und Berater bis zu den jüngsten Kriegsführern wie Gunthar und Bonifaz. Als sie sich versichert hatten, daß die Blicke ihrer Herren anderswo weilten, stimmten sie jedoch in das feixende Gelächter ein.

»Sei still, Derek!« flüsterte Sturm Feuerklinge, der die braunen Augen nicht aufschlug. Er wußte selbst, das war eine schwache Gegenwehr, doch mehr konnte er gegen die gehässigen Scherze der anderen Knappen nicht ins Feld führen. Derek war am schlimmsten, so aufgeblasen und stolz, wie er seines Status' als Fürst Bonifaz' Lieblingsknappe wegen war, aber schwierig war es mit allen. Seine Freunde Caramon und Raistlin hatten Sturm am Feuer beim Bier immer wieder gewarnt, im Turm des Oberklerikers blase ein scharfer Wind, und die Gespräche seien oft politisch. Wenn Sturms Kameraden mit ihren spitzen Worten und verletzenden Scherzen über seinen vermißten Vater über ihn herfielen, kam er sich wie ein Bauerntölpel am falschen Platz vor.

Und war er das nicht auch?

Sturm wurde rot vor Zorn. Unterm Tisch ballte er die Fäuste, bis die Knöchel weiß anliefen. Derek schnaubte triumphierend und drehte sich zur Mitte des Saals um, wo die Zeremonie ihren Fortgang nahm, wie es seit tausend Jahren in diesem Raum hier Brauch war. Der Harfner, ein silberhaariger Elf in einer schlichten, blauen Tunika, war aus dem Gewoge der Banner herausgetreten und hatte dort, im rötlichen Lichtschein, der von den Fackeln ringsumher geworfen wurde, das ehrwürdige Lied von Huma angestimmt, jenes alte Konglomerat von Mythen und hochtrabenden Heldengeschichten. »Aus dem Dorfe«, begann es

… aus den armen, bedrängten Landen,
Aus Grab und Acker, Acker und Grab,
Wo erstmals sein Schwert
die letzten, grausamen Schwünge der Kindheit
beschrieb,
Und er erkannte den endlosen Rückzug der Lande,
wie ein Leuchtfeuer strahlte er,
Stets vom gleitenden Flug des Eisvogels beschirmt …

Die Ritter begannen, die Worte stumm mitzusummen, und allmählich erhob sich das Lied in dem fackelerhellten Saal – die Legende von Humas Liebe und Opfer und Aufbahrung. Sturms Zorn legte sich, als er wie die übrigen jungen Männer um ihn herum die Welt der Geschichte betrat.

Sturm kannte die Tradition. Wenn das Lied perfekt und einstimmig gesungen wurde, in einer besonders glückverheißenden Nacht, zur Julzeit oder in der Mittsommernacht, dann würde Fürst Huma selbst zurückkehren und zwischen den Sängern Platz nehmen. Darum wurde der erste Platz am ersten Tisch immer frei gehalten. Langsam fiel der Junge ein, flüsterte die Worte, die sich wie ein sanfter Wind erhoben, von dieser klaren, singenden Elfenstimme und von dreihundert anderen, die flüsterten. Nur die Jüngsten hofften noch, daß in dieser oder irgendeiner anderen Julnacht etwas Außergewöhnliches geschehen würde.

So ging es weiter in monotonem Singsang, bis ein plötzlicher Flötenton alle aufschreckte.

Wild und mutwillig perlte die grelle Melodie von den Dachsparren herunter. Wie ein Regen aus grüngoldenem Licht verjagte die Musik die Schatten aus dem großen Saal und verblüffte die überraschten Ritter. Wie auf Kommando kamen das Flüstern und das Lied des Barden zum Schweigen, als die neue, disharmonische Musik anschwoll, schneller wurde und den ganzen Raum mit ihren Tönen füllte. Es war wie Vogelgezwitscher, wie das Summen der Bienen, wie das Heulen des Windes durch die hohen, immergrünen Zweige. Später würden sich alle Ritter unterschiedlich daran erinnern, und wie sie es auch beschrieben, sie wußten, daß es nicht das wahre Lied war, denn das war lang und ständig im Wandel.

Wie vom Donner gerührt, stützte Sturm sich auf den Tisch. Das Holz erzitterte unter seinen verkrampften Händen, und die Kelche klirrten absurd, als sie auf den Steinboden fielen und zerbrachen. Der süße Holzrauch in der Luft wurde plötzlich zu einem scharfen, wäßrigen Parfüm, dem Geruch von verschüttetem Wein, dann von frischen Trauben und Erdbeeren, dann die unerwartete, berauschende Frische der Blätter. Die Fackeln um die Tische erloschen, und auf einmal, ganz überraschend, lag der große Ratssaal in silbernem und rotem Mondlicht.

»Großer Solin und Luin!« stieß Sturm atemlos aus, während er entsetzte Blicke mit Derek Kronenhüter tauschte.

Dann erschien der Herr der Wildnis über ihnen in den Dachsparren, umgeben von Musik und grünen Funken.

So jemanden hatte Sturm noch nie gesehen. Die Rüstung des Mannes glänzte im wachsartigen, schattenlosen Grün der Stechpalme. Rote und grüne Rosen waren auf seinen Brustharnisch geprägt, und aus seinen Handschuhen und Beinschienen flossen Kaskaden von Blättern und roten Beeren, die in der leblosen Mittwinterhalle wie eine Vorahnung des Frühlings wirkten. Auf seinem Gesicht leuchteten und tanzten weitere Blätter wie grünes Feuer, wie ein Heiligenschein aus grasgrünem Licht, in dessen Mitte die großen, schwarzen Augen hin und her schossen und glitzerten und lachten. Er war ein großer, grüner Vogel oder eine Art Dryade, und wieder hob er die Flöte an die Lippen, und wieder ertönte die Musik. Mit erstaunlicher Leichtfüßigkeit sprang er auf den Boden.

Langsam und mit strenger, mißbilligender Miene erhoben sich Fürst Alfred, Fürst Gunthar und Fürst Stephan, deren Hände auf den Heften ihrer Schwerter lagen. Sir Adamant Jeoffrey und Fürst Bonifaz von Nebelhafen traten hinter ihren Tischen hervor und näherten sich der Mitte des Saals, um dann plötzlich mit ungewöhnlich vorsichtigem Ausdruck stehenzubleiben. Die Diener flüchteten in die hintersten Ecken des Saals, als weitere Gläser zerbrachen und Silber klirrend auf dem Steinboden landete. Das seltsame Blattmonster hockte in der Mitte des Saals, während sich der Elfensänger seine Harfe schnappte und sich schimpfend mit mißtönend schwingenden Saiten, den Mantel voll Stechpalmenblätter, davonmachte.

»Wer bist du?« fragte Fürst Alfred mit donnernder Stimme. »Wie kannst du es wagen, unsere Feier zu stören?«

Der grüne Mann drehte sich einmal um sich selbst, wobei seine Flöte irgendwo in dem Dschungel aus Blättern und Rüstung verschwand, der ihn bedeckte. Leise hörte Sturm das Echo der Musik von der Treppe her, Echo auf Echo, bis die Melodie schließlich außerhalb seiner Hörweite angelangt war.

»Ich bin Vertumnus«, sagte der Eindringling mit tiefer, sanfter Stimme. »Ich bin der Wechsel der Jahreszeiten, und ich bin der Hort der vergangenen Jahre.«

»Und Glockenturm für tausend Fledermäuse«, murmelte Derek, doch ein eisiger Blick von Fürst Gunthar brachte den jungen Mann zum Schweigen.

»Und was«, fragte Fürst Alfred, »wünscht ... Herr Vertumnus an diesem Julabend von uns?« Der Hofrichter war nervös und förmlich, und seine Finger fuhren über den goldenen Handschutz seines Schwerts.

»Ich möchte etwas sagen, das mir sehr am Herzen liegt«, verkündete Vertumnus, der sich einfach auf den Boden setzte.

Er nahm den Helm ab. Grünes Feuer tanzte um seine Schläfen.

Sturm runzelte argwöhnisch die Stirn. Er wußte, daß böse Zauberer unterhaltsam auftraten und ihre Opfer drängten, weniger nüchtern und besonnen zu sein. Und schließlich weniger gut. Dann, wenn man in Lachen und Singen versunken war, würden sie ...

Was sie dann tun würden, wußte er nicht. Aber es konnte einen vernichten.

»Ihr Solamnier versammelt euch zum Jahresende in diesen Hallen wie Eulen«, erklärte Vertumnus, »jammert über die dunklen Zeiten und die Vergangenheit und darüber, daß die Welt der Zeitalter der Träume und der Macht vergangen ist. Seht euch um – der Turm des Oberklerikers ist ein Spiegelsaal. Ihr könnt euch in jeder Ecke, jedem Winkel sehen und eure eigene Wichtigkeit bewundern und polieren.«

»Mit Verlaub, Fürst Alfred«, unterbrach Fürst Gunthar mit halbgezogenem Schwert. »Mit Verlaub, ich möchte dieser ... dieser *Bienenweide* da die Tür zeigen und vielleicht auch den kürzesten Weg den Berg hinunter.«

Vertumnus lächelte drohend, wobei sein wettergegerbtes Gesicht sich wie die Borke eines riesigen Vallenholzbaums verzog. Die Fahnen hoben sich in einem der Jahreszeit nicht angemessenen warmen Wind. »Es soll doch nicht heißen«, sprach er gelassen, »daß Fürst Gunthar auf Worte, Witz oder Diplomatie verzichtet, sobald Schwert, Streitkolben oder Lanze zur Hand sind.« Das leise Rascheln seiner Stimme war selbst in den entferntesten Ecken des gewaltigen Saals überraschend gut zu vernehmen.

»Schöne Worte werden dir nichts nützen, Vertumnus«, drohte Gunthar, ohne auf die Beleidigung einzugehen.

Der Herr der Wildnis lachte nur. Nachdem er unter Rüstungsgeknarr und Blättergeraschel aufgestanden war, wedelte Vertumnus mit seiner Flöte zu dem leeren Stuhl am vordersten Tisch. Es war eine skurrile Geste, die unpassend, ja, obszön wirkte. Den älteren Rittern verschlug es den Atem, und viele von den jüngeren griffen zum Schwert. Ruhig und ohne Eile drehte sich Vertumnus geschmeidig um, wobei er die Flöte wie einen Säbel schwang. Es gab ein gespenstisches Pfeifen, als er sie durch die Luft zog, und Sturm sah fasziniert zu.

»Was ich sagen will, ist dies: Es gibt einen leeren Platz«, stellte Vertumnus fest. »Nicht für einen Gast, einen Bettler, ein Waisenkind, einen Fremden – nicht für einen von denen, die ihr eurem Eid zufolge schützen und verteidigen sollt. Und der Platz ist nicht nur heute leer, sondern immer. Ein Platz für den Gecken und Laffen.«

Fürst Alfred Merkenin funkelte Vertumnus an, der unbeirrt fortfuhr.

»Denn der Eid, den ihr in diesem Hort von Schwüren geleistet habt«, erklärte Vertumnus, dessen wilde Augen auf den leeren Stuhl geheftet waren, »ist düster und ernst und weise in den Tiefen der Nacht. Aber ihr befolgt ihn freudlos. Das zeigt selbst dieses Fest.«

»Wer bist du, Fremder, daß du uns über unsere Freuden und Feste belehrst?« brauste Fürst Alfred auf. »Ein Ding aus Blättern, Fetzen und Lumpen, das von dem Stuhl für Huma spricht?«

Gunthar und Stephans Mienen gaben im unsteten Licht keinen ihrer Gedanken preis. Auf einmal trat Fürst Alfred um seinen Tisch herum, zeigte auf den grünen Mann und redete in dem Ton zu ihm, der normalerweise Pferden, Handlangern und unwissenden oder unbelehrbaren Knappen vorbehalten war.

»Wer bist du, daß du unsere Bräuche in Frage stellst, die tausend Jahre, die wir auf unsere Träume warten? Du – du *wandelnder, trötender Salat*!«

»Alter!« gab Vertumnus zurück, der mit einem Satz kurz vor dem Hofrichter gelandet war. »Du leerer, vergoldeter Brustharnisch! Du hirnloser Helm, du schlaffe Fahne! Du Maske von Gesetz, du Mangel an Gerechtigkeit! Du Zählstab! Du sturer Esel, der seine Nase in Briefe steckt und auf einer toten Ebene nach Ehre sucht! Wenn dich ein prophetischer Wind erfaßte, so hieltest du ihn für das Furzen deiner Brüder!«

Sturm schüttelte den Kopf. Diese merkwürdigen Beschimpfungen waren zu verdreht, fast schon kindisch, als fände hier ein Bardenduell statt, oder, schlimmer noch, zeterten die Vögel auf den Dächern. Fürst Alfred Merkenin war der Hofrichter des solamnischen Ordens, dem man sich respektvoll, ehrerbietig und pflichtschuldigst zu nähern hatte, aber der grüne Mann ließ Worte auf ihn herabregnen, daß der Hofrichter nur noch sprachlos dastand, ins Wanken geriet und verstummte.

Rings um Sturm hüstelten seine Kameraden und blickten betreten zur Decke. Für eine Bande Jungs, die gern die Kräfte maßen, waren auch sie merkwürdig still. Gelegentlich brach ein vorsichtiger Lacher aus den Schatten, aber kein Knappe wagte es, die anderen anzusehen, und keiner wagte ein Wort.

Jetzt trat Fürst Stephan vor, dessen Augen mit einem Mal amüsiert aufblitzten. Sturm runzelte die Stirn, denn der alte

Mann war schon selbst ein halber Wilder, wenn er die jungen Ritter aufzog, weil sie sich so streng an den Eid hielten, und wenn er über die endlosen Spitzfindigkeiten des Maßstabs lachte, wo selbst für den jüngsten Solamnier Sprache und Tischmanieren verewigt waren.

Es war eine Folge der Kopfwunde, die er vor sechzig Jahren in einem finsteren Paß von Neraka erlitten hatte. Seit damals war er anders und oft respektlos. Er schien diesen schrillen Wortwechsel zu genießen, und Sturm stellte mit wachsender Beklemmung fest, daß der alte Mann sich räusperte.

»Was willst du von uns, Herr der Wildnis?« fragte der Alte, dessen Stimme trotz seiner fünfundachtzig Jahre noch laut und fest klang. »Was willst du von uns, wenn wir Heuchler und maskenhafte Gesetzeshüter sind? Ich sehe weder Witwen noch Waisen bei dir. Was hast *du* für die Armen, die Ausgestoßenen und die Unglücklichen getan?«

»Ich habe dich dazu gebracht, diese Frage zu stellen«, erwiderte Vertumnus mit schlauem Lächeln. »Du bist ein alter Fuchs, Stephan, mit mehr Weisheit gesegnet als der Rest dieser hier versammelten Hohlköpfe. Und doch läuft der alte Fuchs in seinen eigenen Fußstapfen zurück, folgt seiner eigenen Fährte, bis er den Wald umkreist und im Nichts verschwindet.«

»Bilder statt Taten, Herr der Wildnis?« fragte Stephan, dessen weißer Bart sich wie Nebel hob, als er sich ächzend und mit knackenden Knien direkt vor dem grünen Mann aufbaute, der weder mit der Wimper zuckte noch zurückwich.

»Was ich für Waisenkinder tue, geht euch nichts an«, antwortete Vertumnus ruhig, »denn das ändert nichts an den zerfallenen Ländereien von Solamnia, den verlassenen Dörfern, den Bränden, den Hungersnöten und den neuen, unbekannten Drachen. Kein Waisenkind hier würde *mich* in Frage stellen. Nein, es würde in meine Klage einstimmen.«

Er machte eine Pause, in der seine dunklen Augen den Raum absuchten.

»Das heißt, falls eines hier wäre.«

Du irrst dich, Herr der Wildnis, dachte Sturm, dem es in den Füßen juckte vorzutreten.

Aber nein. »Waisenkinder«, hatte er gesagt.

»Außerdem«, fuhr Vertumnus fort, »*ich* habe nicht geschworen, sie zu beschützen.«

Eine Fackel flackerte spuckend in dem Halter neben Sturm Feuerklinge auf, während Vertumnus wieder die Flöte an die Lippen setzte.

Seine Melodie schwebte traurig und gespenstisch durch den Saal, und Sturm vermeinte, darin etwas von Herbst und Sterben und einer Zeit zu hören, die unmöglich vergangen sein konnte. Es war eine dünne, melancholische Musik, und die toten Blätter trieben wie Geister in Gelb, Schwarz und grellem Rot durch die Halle, als würden sie vor einem Zauberer flüchten.

Er *ist* ein Zauberer, dachte Sturm. Er redet doppeldeutig und in Rätseln. Hör ihm nicht zu. Hör nicht zu.

Vertumnus trat noch einen Schritt vor. Er stand unmittelbar vor dem alten solamnischen Fürsten, und ihre Blicke trafen sich ohne Zorn, und sie wechselten ihre Worte so leise, daß selbst Fürst Alfred, der keine zwei Schritte von Fürst Stephan entfernt war, später schwor, er hätte nicht verstanden, was sie sagten. Dann wich der grüne Mann ein wenig zurück und lachte, und aus Fürst Stephan Peres sproß unvermittelt Blattwerk.

Schößlinge, Ranken und Zweige schmückten die Rüstung des alten Mannes, Blätter drangen durch seinen Bart, und Ranken verstrickten sich mit seinen Fingern. Vertumnus trat in die Mitte des Saals zurück und spielte wieder auf seiner Flöte, diesmal eine fröhliche Sommerweise, woraufhin der elegante, alte

Herr, der lange Jahre als Haushofmeister den fehlenden Oberkleriker ersetzt hatte, jetzt lieblich in hundert blauen Blümchen erblühte und ein Schwarm gelber Schmetterlinge aus dem Nichts von den winterlichen Dachsparren heruntersank und sich auf Fürst Stephan Peres niederließ.

»Das reicht!« rief Fürst Gunthar aus und trat mit erhobenen Fäusten vor, doch die Beine seines Tisches schlugen ebenfalls aus, und knorrige Wurzeln schlängelten sich vor, wickelten sich um seine Knöchel und hielten ihn auf seinem Weg zur Saalmitte auf. Stephan machte ein Zeichen, aber dessen Bedeutung ging zwischen den Blumen verloren. Vertumnus wich dem angreifenden solamnischen Fürsten gewandt aus, als Gunthar gegen einen Tisch rannte, an dem die Brüder Jeoffrey saßen. Gläser, Geschirr und die Jeoffreys stoben nach allen Seiten auseinander. Der junge Jack, der offenbar auf der Suche nach den besseren Resten des Banketts unter den Tisch gekrochen war, brachte sich eilig in Sicherheit, als der Tisch zusammenbrach und dann im Boden Wurzeln zu schlagen begann. Aus den dunklen Brettern drangen Knospen und Äste hervor.

Jemand stieß Sturm zur Seite. »Für Eid und Maßstab!« rief Fürst Bonifaz und stürmte hastig in die Mitte des Saals. Sein Schwert war erhoben, der Schild bereit, die kalten, blauen Augen so hell wie gehärteter Stahl, denn ein Kampf stand bevor. Vertumnus fuhr herum, machte in Richtung des Ritters eine Handbewegung und wandte sich dann dem Jeoffreybruder zu, der gerade heranstürmte. Bonifaz fiel der Länge nach auf den Steinboden, da seine Hose merkwürdigerweise über die Knöchel heruntergerutscht war.

Der Jeoffrey überlegte es sich noch einmal und wurde plötzlich ohnmächtig, woraufhin Vertumnus auf einen anderen Tisch sprang, um dem Griff des zweiten Jeoffrey auszuweichen, der sich unvermittelt wie ein junger Baum am Boden angewachsen fand. Der junge Ritter schrie auf, und dann senkte sich eine beredte Stille über den Saal, in dem ein Dutzend Männer zum Angriff bereit waren, während ihr einziger Gegner auf einem Bein auf dem Tisch herumhüpfte und die Flöte abermals zum Spiel erhob.

Das ist unwürdig, dachte Sturm. In höchstem Maße und absolut unwürdig. Er bemerkte Dereks Blick; dennoch trat Sturm vor, ohne überhaupt zu überlegen, was er da tat, und zog sein Kurzschwert. Bis auf das Schwert des gründlich blamierten Bonifaz war es die einzige blanke Klinge im Saal. Es hatte noch nie Blut vergossen.

Vertumnus wirbelte zu dem Jungen herum und hörte dann auf zu tanzen. Ein trauriger Schatten überzog sein Gesicht, und er nickte. Wie aus widerstrebender Übereinkunft kam er herunter, steckte seine Flöte weg, zog sein eigenes, riesiges Schwert und trat in die Mitte des großen Saals. Die Ritter von Solamnia standen hilflos angewachsen mitten im grünen Dickicht zerbrochener Tische. Sie spähten durch die Blätter und Schatten und sahen, wie die beiden Schwertkämpfer einander umkreisten, der grüne Mann und der grüne Junge.

Sturm wußte augenblicklich und zu spät, daß er unterlegen war. Vertumnus hatte die gedankenlose Anmut eines perfekten Schwertkämpfers, und in seiner Hand wurde die Klinge lebendig. Er redete auf Sturm ein, als sie einander umkreisten, und seine Worte waren so sanft und eindringlich wie der Wind. Er ließ den Jungen nicht aus den Augen.

»Weg damit, Junge«, flüsterte Vertumnus, dessen schwarze Augen flackerten. »Du weißt nicht, an welchen Wald du rührst, wo die Klinge gegen Finsternis und Dornen versagt …«

»Genug der Worte!« stieß Sturm hervor. »Mein Schwert für Feuerklinge und den Orden!« Wenigstens sollte sein Auftritt einen guten Eindruck hinterlassen.

Aber sein Stoß war zögerlich und langsam. Vertumnus wehrte ihn mit Leichtigkeit ab.

»Für *Feuerklinge* und den Orden?« zischte der wilde Kerl plötzlich hinter dem Jungen, der ins Stolpern geriet, als er herumfuhr. »Für den Pfuscherorden ohne Biß? Für einen Vater ... deinen Vater ..., der mit solamnischer Ehre nichts im Sinn hatte?«

»Nichts im Sinn?« Sturms Hand zuckte, als seine Stimme dünner wurde. Vertumnus zog sich ein Stück zurück und musterte den Haupteingang des Ratssaals, wo es zur Treppe und zur Winternacht hinausging. Sturm glaubte, Dereks gehässiges Lachen zu hören. »Nichts im Sinn? Ww-was soll das ...?«

Vertumnus' dunkler, starrer Blick wandte sich ihm wild und raubtierhaft wieder zu. Mit einer schnellen Drehung aus dem Handgelenk, hell und flüchtig wie ein Sommerblitz, durchbrach sein Schwert Sturms unsichere Deckung und senkte sich tief in dessen linke Schulter.

Benommen und atemlos ging Sturm in die Knie. Seine Schulter, seine Brust und sein Herz glühten von grünem Feuer und sengendem Schmerz. Die Luft um seine Ohren summte wie das traurige, bedrohliche Lied eines Schwarms hartnäckiger Stechmücken.

Das ist also der Tod – ich sterbe – Tod – seine Gedanken rasten. Und plötzlich ließ der Schmerz nach, war nicht mehr unerträglich, sondern dumpf und bohrend, als sich die Wunde – zu Sturms Befremden – rasch und sauber schloß und das frische Blut auf seiner weißen Festtunika verblich.

Doch der Schmerz saß tief und versengte ihn so nachhaltig wie das Summen in der Luft.

»Sieh dich um, Junge«, sagte Vertumnus verächtlich. »Wo ist ein Platz für einen Mann wie deinen Vater unter solchen Männern?«

Sturm vergaß augenblicklich seine Wunde. Er schrie und sprang auf, doch seine junge Stimme brach vor innerem Aufruhr. Blind stürmte er auf Vertumnus zu und umklammerte mit beiden Händen sein Kurzschwert. Sein Gegner trat ruhig zur Seite, so daß die Klinge sich tief in einen Eichenast grub, der frisch aus der Mitte von Humas Stuhl gewachsen war.

Der Junge zerrte erfolglos an seinem Schwert, während er in Panik über seine schmerzende Schulter blickte, als der Herr der Wildnis drohend vortrat. Dann ließ Vertumnus langsam das Schwert sinken. Er musterte Sturm, der endlich seine Klinge aus dem harten Holz befreite, und lächelte, als der junge Mann wenig gewandt zu ihm herumwirbelte.

Vertumnus' Grinsen war entwaffnend, so undurchschaubar wie der Rand der Wildnis. Es brachte Sturm noch mehr auf als seine Worte. Mit einem neuerlichen Schrei stürzte er sich auf seinen Gegner, und Vertumnus ging in die Knie, als der Junge ihm die Klinge in die Brust stieß.

Kapitel 2

Der Ruf des Maßstabs

Die Flöte fiel klappernd auf den Boden, wo sie liegenblieb. Auf der Stelle kehrte die winterliche Kälte zurück und umschloß eisig die Füße der Ritter. Die Halle war so still, als wäre die Luft gefroren.

»Sturm ...«, setzte Fürst Stephan erstaunt an. Der junge Mann taumelte, zog mühsam sein Schwert heraus, und Vertumnus fiel schwer und offenbar leblos nach vorn. Gunthar rannte zu dem grünen Mann. Sturm zuckte zusammen, als die starke Hand von Fürst Stephan sich fest auf seine Schulter legte.

Der nasse Fleck auf Sturms Schwert war deutlich zu sehen, und seiner Blutrinne erhob sich der harzige Geruch von Nadelbäumen. Er fuhr ungestüm herum, worauf er Alfreds und Gunthars Verwirrung, Fürst Stephans merkwürdigen, verwunderten Blick und an dem zweiten Tisch den Zorn von Fürst Bonifaz bemerkte, der den Jungen ungläubig und voller Mißgunst ansah, ehe er sich bückte und seine Hose hochzog.

»Was hast du getan, Bursche?« bellte Alfred. »*Was hast du ...?*« Die Frage hallte durch den Saal, der einzige Laut in der Totenstille.

Da sprang Vertumnus auf und schob den erstaunten Fürst Gunthar beiseite. Alles in der Halle holte erstaunt Luft, als hätte der Raum selbst den Atem angehalten. Als der Herr der Wildnis die Wunde in seiner Brust berührte, pulsierte sie und schloß sich wie eine Narbe in lebendem Holz. Gelassen suchten seine Augen den Blick von Sturm.

»So weit, so gut, kleiner Feuerklinge. Du hast gezeigt, was ich meinte«, verkündete Vertumnus, während die Steine zu seinen Füßen von dickem Moos überwachsen wurden.

»Der Rest ist deine eigene Unbesonnenheit. Du bist in mein Spiel eingetreten – das du deshalb jetzt bis zum Ende durchstehen mußt, woran deine Schulter dich Tag und Nacht erinnern wird.«

Vor dem Fenster sangen wieder die Vögel. Mit großen Augen sah Sturm von dem grünen Mann zu seinem noch nicht abgewischten Schwert, vom Schwert wieder zu Vertumnus. Sprachlos berührte der junge Mann ganz langsam seine Klinge. Sie war sauber und trocken.

»Wir treffen uns am ersten Frühlingstag«, ordnete Vertumnus mit erneutem, eigenartigem Lächeln an. »In meiner Burg im Südlichen Finsterwald. Komm allein, dann werden wir die Sache beilegen – Schwert gegen Schwert, Ritter gegen Ritter,

Mann gegen Mann. Du hast deines Vaters Ehre verteidigt, jetzt fordere ich dich heraus. Denn jetzt bin ich dir einen Schlag schuldig, so wie du mir ein Leben schuldest. Denn in eurem geliebten Maßstab steht geschrieben, *jeder, der einen Schlag erwidert, muß den ganzen Kampf ausfechten.*«

Sturm sah sich verwirrt um. Gunthar und Alfred standen wie angewurzelt da. Fürst Stephan machte den Mund auf, aber er brachte kein Wort heraus.

Mit Augen wie ein Raubvogel nickte Fürst Bonifaz erwartungsvoll. Was Vertumnus über das Erwidern eines Schlages sagte, war wirklich im Maßstab niedergelegt. Sturm saß durch seine impulsive Tat in einem uralten Statut gefangen.

»Wenn es an der Zeit ist, werde ich dir den Weg dorthin zeigen«, gab Vertumnus bekannt. »Und zu gegebener Zeit wirst du dort vielleicht etwas über deinen Vater erfahren. Doch du mußt deinen eigenen Weg gehen. Triffst du mich nicht zur rechten Zeit am rechten Ort, ist deine Ehre für immer dahin. Und nicht nur deine Ehre steht auf dem Spiel.« Der Herr der Wildnis lächelte geheimnisvoll, ehe er fortfuhr. »Denn eigentlich schuldest du mir ein Leben, Sturm Feuerklinge, und das wirst du bezahlen, ob du zur vereinbarten Zeit eintriffst oder nicht.«

Theatralisch zeigte er auf die Schulter des Jungen.

»Du kannst wie ein Sohn des Ordens kommen und meine Forderung annehmen«, verkündete er, »oder du kannst dich in den Gängen dieser Festung verkriechen und das Aufblühen deiner Wunde erwarten. Denn die Spuren meines Schwerts blühen im Frühling, und die Blüten sind schrecklich und tödlich.«

Der Saal füllte sich weiter mit Blättern, mit Ranken und Schlingpflanzen, mit soviel Dornensträuchern, Wurzeln und Ästen, daß das Aufräumen mindestens eine Woche dauern würde. Der grüne Mann schloß die Augen, nickte mit dem Kopf und verschwand im Dickicht, während die Fackeln an den Wänden plötzlich in kaltem, weißen Feuer aufloderten. Erstaunt blinzelte Sturm in die Schatten, doch Vertumnus war wirklich verschwunden und hatte nur Nebel, Holzrauch und den feuchtverkohlten Geruch von Holz nach einem Blitzeinschlag hinterlassen.

»Von allem Unsinn, den du hättest anstellen können, Bursche«, erklärte Fürst Alfred betrübt, »von allem, was du hättest tun oder lassen können, war das eindeutig das Schlimmste.«

»Das Schlimmste?« fragte Sturm. »Ich ... wieso ...?«

Die jungen Ritter waren in ihrer nüchternen Tüchtigkeit bereits dazu übergegangen, den Saal von Dornen und Blättern zu befreien. Sturm stand mitten in der Aufräumerei und sah zu den Rittern auf, die sich neben Humas leerem Thron zusammengeschart hatten. Der junge Mann schüttelte den Kopf, wollte den Abend wie einen verwirrenden Traum wieder loswerden.

»Bitte folge mir, Sturm Feuerklinge«, bat Fürst Alfred mit inzwischen milderer Stimme. Gunthar und Stephan schlossen sich ihm an. Das Funkeln ihrer Prunkharnische blendete regelrecht. Aus den Trümmern, die Vertumnus' Besuch hinterlassen hatte, traten Fürst Adamant und Fürst Bonifaz, um sich dem berühmten Dreigespann anzuschließen.

Wie Sonnen, dachte der Junge. Wie Sonnen und Kometen. Ich kann mich ihnen nicht nähern, kann sie kaum ansehen.

»Ich dachte ...«, setzte Sturm an, doch in dem hallenden Saal klang seine Stimme dünn und schwach. Er konnte nicht sagen, was er gedacht hatte. Es fiel ihm nicht mehr ein.

Alfred nickte, und Fürst Gunthar trat vor, als Alfred den Platz des Jüngeren neben Stephan einnahm.

Hinter ihm ebbte das Sägen und Hacken ab. Nur die Diener

kamen noch ihren Pflichten nach – der alte Reza und der Junge, Jack, fegten die Scherben der Kristallgläser auf. Die jungen Männer des Ordens, die sowieso nur widerstrebend Dienstbotenarbeit geleistet hatten, hatten innegehalten, um zu hören, welches Drama sich neben Humas Thron abspielte, und sich am Unbehagen und möglicherweise der Bestrafung von einem zu ergötzen, der schon fast in ihrem Alter war. Denn obwohl der Turm des Oberklerikers den ehrenvollen Tugenden des Maßstabs gewidmet war, waren auch Klatsch und – nicht immer freundliche – Rivalität in ihm zu Hause.

Fürst Stephan war auch auf diesem Kriegsschauplatz zu Hause. Er trat auf Sturm zu, und nachdem er den Jungen am Arm gefaßt hatte, führte er ihn an den gereckten Hälsen und den neugierigen Blicken vorbei direkt durch die Westtür in die Stille der Kapelle. Fürst Gunthar und Fürst Alfred folgten dichtauf, und hinter ihnen kam Fürst Bonifaz. Die im Ratssaal Verbliebenen nahmen ihre Pflichten wieder auf, wobei sie sich zweifellos gewaltige Geheimnisse und Strafen ausmalten, die im gedämpften Licht hinter den verschlossenen Türen besprochen werden würden.

In der Kapelle drückte Fürst Stephan den Jungen etwas unsanft auf eine Eichenbank am Fenster. Sturm hielt sich die Schulter und zitterte, als der Wind durch das alte Steinmaßwerk hinter ihm hineinkroch. Aber er zitterte auch angesichts der ehrwürdigen Bilder aus farbigem Glas: der Rose, der Bisonhörner, der gelben Harfe, der weißen Kugel, der blauen Spirale. Das alles war im silbernen Dreieck des großen Gottes Paladin versammelt, der alle Dinge umfaßt und sie zugleich durchdringt. Es waren Symbole des alten Pantheons, den der Orden trotz der finsteren Zeiten und der Gefahren Ansalons immer noch verehrte.

Die Regale bogen sich unter den dicken, ledergebundenen

Bänden über Mathematik, Physik, Architektur – Fächer, denen der junge Mann aus dem Weg gegangen war, wenn er seine Mutter in Solace besucht hatte. »Sturm«, hatte sie ihn dann gewarnt, »jetzt sind für dich die Bücher dran. Schwert und Orden und Vater haben dich im Stich gelassen. Ein Gelehrter ist vielleicht kein reicher Mann, aber er hat etwas zu essen, sein Haus wird nicht angesteckt und sein Kopf nicht abgeschlagen.« Sturm runzelte die Stirn und schüttelte den Kopf. Lady Ilys hatte diese Dinge aus dem innersten Raum des Häuschens gerufen, einer licht- und fensterlosen Kammer. Er hatte so getan, als würde er zuhören, und dann die Bücher weggelegt, um auf das Strohdach ihres Hauses zu klettern. Dort hatte er immer nur nach Norden geschaut, über die Ebenen von Abansinia, wo der Horizont hell und eben wirkte. Doch selbst ein Junge konnte sich die stürmische Straße von Schallmeer und nördlich davon die südlichsten Küsten von Solamnia vorstellen.

Jetzt kam es Sturm so vor, als würden die Bücher in der Kapelle ihn und all die Jahre verspotten, die er zwischen Stroh und Eichhörnchen und Vögeln verschwendet hatte. Er war von Solace aus so weit gereist, nur um wieder in einen dunklen Raum mit denselben Büchern geschleppt zu werden, und zwar, wie er nun merkte, wegen einer höchst finsteren Angelegenheit.

»Es ist nicht allein deine Schuld, Bursche«, fing Fürst Stephan versöhnlich an, doch Sturm bemerkte die eigenartige Verwirrung in seiner Stimme, als der alte Mann mit gesenkten Augen vor dem Altar auf und ab schritt. »Nicht allein deine. Dieser Vertumnus hat uns anscheinend alle überrascht und durcheinandergebracht.«

»Wie konnte das nur geschehen, Fürst Gunthar?« fragte Bonifaz spöttisch. »Ich nehme an, die Bewachung des Saals stand unter Eurem … fähigen Kommando, wie bei jedem Festmahl.«

Gunthar schnaubte wütend und lehnte sich an die Tür der Kapelle. Nachdem sie ihr ganzes Leben lang Rivalen gewesen waren, machten sich die beiden besten Schwertkämpfer keine Zuneigung mehr vor.

»Darum kümmere ich mich bereits, Bonifaz! Kein Bedarf an Eurem verdammten Hohn!« grollte er, während er mit düsterer Miene die Brauen zusammenzog.

»Schön ...«, unterbrach Fürst Stephan, dessen trockene Stimme beruhigend klang. »Wie es auch dazu gekommen sein mag, nun haben wir endlich den sagenhaften Herrn der Wildnis kennengelernt, und er ist genauso merkwürdig, wie die Geschichten berichten.«

»Geschichten?« rief Sturm aus, der fast aufgesprungen war. »Soll das heißen, Ihr *kanntet* dieses Ungetüm und ... und ...«

»Wir kannten ihn«, entgegnete Alfred. »Der Herr der Wildnis ist sagenumwoben, und ein solamnischer Ritter, der diese Sagen nicht kennt, muß schon taub sein. Wir wußten von ihm, haben ihn aber noch nie gesehen. Wie hätten wir diesen Besuch erwarten können? Dieses wilde Gewucher von Ranken?«

Gunthar warf Fürst Bonifaz einen wütenden Blick zu, und die vier Ritter versanken in ihre Gedanken.

»Es ist schon spät«, meinte Alfred nach einer langen Pause, »und unsere Gedanken werden allmählich wunderlich. Vielleicht sollten wir besser morgen früh darüber reden, wenn die Sonne scheint, als jetzt im zweifelhaften Licht der beiden Monde.

»Ich stimme Fürst Alfred zu«, schloß sich Fürst Bonifaz an, und auch Fürst Gunthar nickte.

»Aber, Moment mal. Wer *ist* Vertumnus?« fragte Sturm.

Unbehaglich sahen die Ritter einander an.

»Ich habe gehört«, fing Fürst Alfred an, »daß er ein abtrünniger Ritter ist, dessen Pfad sich mit dem von Elfen und allen möglichen absonderlichen Geschöpfen des Waldes kreuzt. Ich habe gehört, daß er dort unten im Südlichen Finsterwald eine Räuberbande aus Neraka anführt.«

»Ich habe gehört, Vertumnus sei ein Druide«, erklärte Fürst Gunthar. »Ein mächtiger, heidnischer Priester, dessen Herz so hart und knotig wie Eiche ist. Sein Heiligtum im Finsterwald ist ein abweisender Ort, wo Vögel die letzten Worte von Schurken singen und die Toten wie Obst von den Bäumen hängen.«

Sturm runzelte die Stirn. *Das* klang sogar noch phantastischer als der abtrünnige Ritter.

»Und ich habe gehört«, fiel Fürst Stephan ein, der Staub hochtrat, »daß sein Blut reine Hexenkraft ist und seine dunklen Augen aus Stein vom schwarzen Mond Nuitari gemacht sind. Ich habe gehört, der Südliche Finsterwald ist reine Illusion, ein Kind des Schwarzen Mondes und der Träume des Zauberers.«

»Und dennoch besucht er uns am Julabend?« fragte Sturm. »Und, ob Zauberer oder Druide oder Raubritter, wir lauschen ihm gebannt? Wie ... wie konnte das geschehen? Und weshalb?«

»Ich nehme an«, stellte Fürst Bonifaz trocken fest, »Fürst Gunthar wird bald eine Antwort darauf haben. Wie ein einzelner Mann sich durch Postenreihen der besten jungen Männer von Solamnia schleichen konnte, und das mit diesem großen Keiler bei sich ...«

»Großer Keiler?« riefen die anderen vier und drehten sich allesamt zu Fürst Bonifaz um. Der große Ritter runzelte die Stirn, als Alfred ihm unsicher die Hand auf die Schulter legte.

»Wir ... wir haben keinen Keiler gesehen, Fürst Bonifaz«, erklärte der Hofrichter. »Vielleicht das Durcheinander des Abends ... oder der Wein ...«

»Ich sage Euch, was ich gesehen habe, war ein Keiler!« beharrte Bonifaz wütend. »Und wenn ich ihn gesehen habe, dann war er auch da, bei Paladin und Majere und jedem anderen guten Gott, der Euch einfällt!«

»Sei es, wie es will, wir haben keinen Keiler gesehen«, wiederholte Alfred geduldig. »Nur den Schwarm Raben im Gebälk ...«

Er hielt inne, als die anderen Ritter ihn verwirrt anstarrten.

»Ihr ... Ihr habt keine Raben gesehen«, schloß er matt. »Keiner von Euch.«

»Ich habe nicht nach oben gesehen«, beruhigte ihn Stephan. »Aber, bei Paladin und allen anwesenden Göttern, ich erinnere mich an die schrillen, unverschämten Dryaden, die der grüne Mann mitgebracht hat.«

Jetzt wurde er neugierig angestarrt. Die Ritter waren aufs höchste verwundert.

»Auch etwas aus Korn und summenden Bienen«, murmelte Stephan, »und ein großer Bär, kein Keiler, der in der Mitte tanzte.«

»Nein, nein«, korrigierte Gunthar. »Es war nur Vertumnus da. Dessen bin ich mir ganz sicher.«

»Ein Spiegellabyrinth, die ganze Sache«, murmelte Stephan.

»Aber das Blutvergießen?« fragte Sturm. »Das Harz, das aus der Wunde floß?«

»Harz?« fragte Fürst Bonifaz ungläubig. Vier solamnische Augenpaare wandten sich dem Jungen zu, als hätte er plötzlich bekanntgegeben, daß die Monde vom Himmel gefallen waren.

Stephan lachte in sich hinein, wurde dann aber plötzlich traurig, als er den zitternden Jungen ansah, der vor ihm auf der ungemütlichen Bank saß. »Was wir auch gesehen haben, Sturm, das Problem ist, daß wir uns einig sind, daß du verwundet wurdest, daß du den Herrn der Wildnis aus Wut niedergestochen hast, und daß wir alle anschließend seine Forderung gehört haben.«

»Der Junge wurde verwundet?« fragte Gunthar alarmiert. Er trat auf Sturm zu und streckte die Hand aus. »Wo hat er dich getroffen, Sturm?«

»An der Schulter«, antwortete der Junge und zeigte auf die Wunde …

… die restlos verschwunden war. Der reinweiße Stoff seiner Festtunika bedeckte ohne Fleck oder Riß die Stelle, wo die Wunde leise pochte. Sprachlos und staunend untersuchten Gunthar und Alfred Sturms Schulter.

»Was du auch fühlst«, erklärte Alfred ruhig, »ich sehe keine Wunde. Und dennoch würde eine Wunde logisch sein. Sonst ergäben die letzten Drohungen dieses grünen Monstrums keinen Sinn.«

Er blickte die anderen Ritter an, die ernst nickten.

»Ob du nun verwundet bist oder nicht, Sturm Feuerklinge«, fuhr Fürst Alfred fort, der wie ein Weiser oder ein Anwalt belehrend den Zeigefinger hob, »das Problem bleibt uns. Egal, woran wir uns erinnern, das – dieses Fechten und Töten und Wiederaufstehen und … und *Harztropfen*, von mir aus – das ist wichtiger als Dryaden oder Keiler oder auch als deine Wunde. Denn Vertumnus hat *dich* angesprochen, und seine Forderung galt dir.«

»Allerdings«, sagte Fürst Bonifaz nachdrücklich, aber nicht unfreundlich. »Und jetzt müssen wir entscheiden, was das bedeutet.«

Sturm blickte in der schwach beleuchteten Bibliothek von einem zum anderen. Die Schatten im Raum waren bereits nicht mehr pechschwarz, sondern eher dämmriggrau. War die Zeit so schnell vergangen – wie die Jahre in Solace – einfach, weil Sturm nicht darauf geachtet hatte?

Sturm war beinahe erleichtert, als ein leises Pochen an der Tür die Ankunft der Turmwachen ankündigte. Genauer gesagt waren es zwei Männer der Kompanie, denen die Ehre oder das Unglück zugefallen war, für die sechzig Mann zu sprechen, die die Festung und die Zeremonien zu bewachen hatten. Schamrot bis zu den Ohren, mit hängenden Schultern und niedergeschlagenen Augen standen sie in der Tür.

Die sechzig Wachen waren erfahrene Fußsoldaten aus ganz Solamnia, die vom Orden gedrillt worden waren und in den Kriegen gegen Neraka geblutet hatten. Das waren keine Männer, die auf ihren Posten einnickten.

Aber fünfzig von ihnen hatten eine leise, klagende Melodie in der Winternacht vernommen. Einige schworen, das, was sie im kühlen Dezemberwind gehört hatten, sei eine Volksweise aus Nordküstenland gewesen; andere fanden es eher klassisch komponiert, so wie die Lieder, die sie in den gewölbten Hallen von Palanthas gehört hatten.

Manche behaupteten, es sei ein Wiegenlied gewesen. Aber was auch immer für eine Melodie die Wachen erreicht hatte, die die Mauern vom Rittersporn bis zu den Flügeln des Habbakuk bemannten, es hatte wie ein Schlaflied gewirkt, denn sie waren erst Stunden später erwacht, als ihre Kameraden hektisch an den Schlingpflanzen und Wurzeln zerrten, die sie an ihre Posten fesselten.

Fürst Alfred lauschte schweigend, obwohl er vor Wut schäumte, während die beiden drucksend die Geschichte vorbrachten. Er würdigte sie kaum eines Blickes, als er sie fortschickte, sondern sah starr auf die Bücher, die aufgeschlagen und unordentlich übereinandergestapelt in einer Ecke auf einem Lesepult lagen. Nachdem die Wachen die Tür hinter sich geschlossen hatten, hörte man mit ihren sich entfernenden Schritten einen tiefen Stoßseufzer.

»Er ist also wirklich so mächtig, wie sie alle sagen, dieser Vertumnus«, sagte Alfred ruhig in die neuerliche Stille im Raum hinein. »Das ist um so besorgniserregender, besonders wenn ich bedenke, was dem Jungen bevorsteht.«

Alle Blicke wandten sich abermals Sturm zu. Er wünschte, er hätte sich den verschwundenen Wachen anschließen können, doch er holte tief Luft und besiegte seine Angst.

»Ich glaube«, begann der Hofrichter, »daß du aus einem bestimmten Grund ausgewählt wurdest.«

»Aus welchem Grund?« fragte Sturm.

»Falls du zugehört hast, Bursche, hast du wahrscheinlich mitbekommen, daß wir dieser Antwort nicht näher sind als du«, erklärte Stephan mit einem Lächeln. »Wir wissen nur, daß in der Musik, dem Spott und dem Gezänk etwas lag, was ausgerechnet dich dazu brachte, den Herrn der Wildnis mit dem Schwert anzugreifen, um ihn zum Zweikampf zu fordern, bis sich herausstellte, daß er der Sieger ist, das Spiel aber noch nicht vorbei. Das ist ein Rätsel, auf jeden Fall.«

»Und die Antwort?« hakte Sturm nach.

»Ich glaube, die hat er dir gegeben«, erwiderte Fürst Alfred. »Am ersten Frühlingstag mußt du – und zwar du allein – ihn in seiner Burg im Südlichen Finsterwald aufsuchen. Dort werdet ihr beiden die Sache wohl ausfechten, wie es der grüne Mann gesagt hat: ›Schwert gegen Schwert, Ritter gegen Ritter, Mann gegen Mann.‹ Es steht klar geschrieben, daß der Maßstab des Schwertes darin liegt, ›die Forderung zum Kampf um die Ehre der Ritterschaft anzunehmen.‹«

Sturm schluckte hörbar und schob seine kalten Hände unter seinen Umhang. Die Ritter betrachteten ihn ernst, weil sie nicht wußten, ob in Fürst Alfreds Erklärungen nicht ein Todesurteil mitschwang.

»Eines ist sicher, Bursche«, sagte Bonifaz. »Du bist zum Duell gefordert worden.«

»Und ich nehme an, Fürst Bonifaz«, sagte Sturm tapfer. Er

stand auf, doch seine Knie waren weich. Rasch stützte ihn Fürst Gunthar mit starker Hand.

»Aber du bist kein Ritter, Sturm«, sagte Fürst Stephan. »Jedenfalls noch nicht. Und obwohl du für Eid und Maßstab geboren bist, bist du vielleicht nicht an sie gebunden.«

»Und doch«, beharrte Fürst Bonifaz leise, »*bist* du ein Feuerklinge.« Er beugte sich zu Sturm vor und bohrte sich mit seinen blauen Augen prüfend in dessen Herz.

Sturm setzte sich wieder und sank in sich zusammen. Er legte die Hände vors Gesicht. Wieder erinnerte er sich an das seltsame Bankett, doch die Erinnerungsfetzen waren verwischt und unklar. Vertumnus' Gesicht verschwamm, als er versuchte, sich daran zu erinnern, genau wie die Melodien, die fremden Lieder, von denen Sturm noch vor einer Stunde gedacht hatte, daß er sie nie wieder vergessen würde.

Was daran war eindeutig? Deutlich erinnerte er sich nur an die Forderung. Diese Forderung war eindeutig – so eindeutig wie der Eid und der Maßstab, der einen Ritter verpflichtete, solche Forderungen anzunehmen.

»Fürst Stephan hat recht, wenn er sagt, daß ich noch nicht zum Orden gehöre«, fing Sturm an, dessen Blick an den Bücherregalen hinter den Rittern klebte. Die Bücher schienen im Dämmerlicht spöttisch in grünen Einbänden herumzutanzen. »Und doch bin ich durch meine Herkunft an den Eid gebunden. Es ist ... es ist fast so, als ob er mir *wirklich* im Blut liegen würde. Und wenn das so ist – wenn es etwas ist, was mich mit meinem Vater verbindet, wie Vertumnus gesagt hat, oder wie ich glaube, daß er es gesagt hat, dann möchte ich den Maßstab befolgen.«

Alfred nickte, wobei die Andeutung eines Lächelns seine Mundwinkel umspielte. Gunthar und Stephan waren ernst und still, doch Fürst Bonifaz Kronenhüter sah zur Seite.

Sturm räusperte sich. »Ich nehme an, Dinge wie Regeln und Schwüre sind ... um so stärker, wenn man eine Wahl hat, aber man befolgt sie, weil ... weil ...«

Er wußte nicht genau weshalb. Er stand wieder auf, doch da schlüpfte Fürst Alfred aus dem Raum, um sogleich mit dem berühmten Schwert Gabbatha wiederzukehren, das einstmals den Gürtel von Vinas Solamnus geziert haben sollte. Es war das Richtschwert, ein schimmerndes, doppelschneidiges Breitschwert, dessen Heft sorgfältig zu einem Eisvogel geschnitzt war. Und so legte Sturm vor den mächtigsten Rittern des Ordens seine Hand auf Gabbatha und schwor einen bindenden Eid, daß er die Forderung des Herrn der Wildnis, jenes des Druiden oder Zauberers oder abtrünnigen Ritters, annehmen würde.

Als die Worte gesprochen und der Eid besiegelt war, marschierte Fürst Stephan, der jetzt nachdenklich und abwesend wirkte, auf der Stelle hinaus und murmelte dabei etwas über unmögliche Widrigkeiten. Als der alte Ritter die Tür öffnete, hörte man draußen den Widerhall der Äxte, die Holz zerhackten.

Sturm trat von einem Fuß auf den anderen, während er zu den älteren Männern aufsah und Ratschläge, Anweisungen oder Befehle erwartete.

»Na gut«, stieß Fürst Alfred aus. »Na ... gut.« Es war, als hätte er etwas verloren.

»Du brichst in den nächsten vierzehn Tagen auf, Sturm«, drängte Fürst Bonifaz. »Ein rascher Aufbruch gewährt dir ... Zeit für die Reise durch ein Land, welches du nicht kennst. Wenn wir dem Herrn der Wildnis Glauben schenken sollen, ist Pünktlichkeit bei dieser Forderung höchst wichtig.«

»Ich weiß«, sagte Sturm schlicht. »›Zur rechten Zeit am rechten Ort.‹«

»Aber du solltest dich erst vorbereiten, Sturm«, drängte Gunthar etwas lahm.

»Das ist wahr«, pflichtete Alfred ihm eifrig bei. »Such dir in den Ställen ein Pferd aus – und zwar ein anständiges Pferd. Du bist schließlich ein Sohn des Ordens, und wir werden unser Bestes tun, um dich auszurüsten und vorzubereiten, damit du im Frühling in den Südlichen Finsterwald aufbrechen kannst.«

Sturm nickte. So blieben von dem Abend nur halbherzige Versprechen. Es war, als wüßten die Ritter das, als wüßten sie, daß etwas noch Dunkleres hinter den Versprechen lauerte.

Der Junge war schließlich verwundet worden. Jedenfalls behauptete er das, und die scharfen Augen des alten Stephan Peres hatten es bezeugt. Und im Frühling, hatte der Herr der Wildnis gedroht, würde die Wunde aufbrechen.

Die ganze Sache war ein grimmiges, unkalkulierbares Geheimnis.

Gunthar ging an eins der Regale und blätterte in einem Buch, während Alfred aufzählte, welche Ausrüstung Sturm brauchen würde, wo er sie bekommen würde und wieviel der Orden ihm davon in welcher Qualität zur Verfügung stellen würde. Sturm nickte die ganze Zeit nur und dankte dem Hofrichter, doch seine Gedanken waren anderswo.

So ließen sie ihn immer noch nickend und nachdenkend in der Bibliothek stehen, von der gesammelten Geschichte Solamnias umgeben. Fürst Bonifaz ging als letzter hinaus.

»Ich bin stolz auf dich, Bursche«, sagte er, woraufhin er sich rasch abwandte.

»Danke«, hauchte Sturm zurück. Die Tür fiel hinter allen zu, und er blieb mit seiner Angst und seinen Gedanken allein.

»Wie kämpft man gegen ein Geheimnis?« fragte Sturm laut. »Wie kann man ihm auch nur *folgen*?« Er drehte sich um und blickte durch die dunklen, bemalten Glasfenster nach draußen.

Dort kroch die Dämmerung herauf, eine Vorahnung des Sonnenaufgangs im Osten, der aufgrund der abschirmenden Berge, der hohen Mauern und der einfachen Tatsache, daß das Fenster nach Westen ging, nicht zu sehen war. Hinter dem Gelb der Harfe und der weißen Scheibe von Solinari in der Ecke des Fensters konnte der Junge deutlich einen zitternden Schatten sehen. Es war ein Stechpalmenzweig, der draußen vor der Mauer wuchs und im Wind des Wintermorgens schwankte.

Kapitel 3

Wirtshäuser und alte Geschichten

Die Zwillinge hatten ihn gewarnt, damals, in jener Herbstnacht im Wirtshaus »Zur letzten Bleibe«, in der Woche, bevor er Luin gesattelt hatte und von Solace aus in den wenig einladenden Norden aufgebrochen war.

Es war ein Abend des Abschieds gewesen, an dem die drei bei kaltem Tee und flackernden Kerzen an dem langen Tisch neben dem Stamm des riesigen Vallenholzbaumes gesessen hatten, der durch den Boden des Gasthauses wuchs. Otik, der Wirt, räumte geschäftig wie immer die letzten Gläser und Teller ab, während die drei Freunde gedankenverloren tranken und einander im verlöschenden Licht über den Tisch hinweg anstarrten.

Sturm fühlte sich in seinem grauen Trauerrock fehl am Platze, besonders bei seinen alten Freunden. Er fragte sich, ob das ein Teil des Verlusts war – wenn man nach sechs einsamen Fastenmonaten in Grau alles leid war und sich danach sehnte, die Roben abzustreifen und andere Dinge zu beginnen. Es gab Zeiten, in denen er seine Mutter immer noch schmerzhaft vermißte, aber das Gesicht von Ilys Feuerklinge verblaßte bereits in seiner Erinnerung.

Aber an die Geschichte, die sie ihm erzählt hatte, erinnerte er sich bis in die kleinsten Einzelheiten. Auf ihrem Totenbett hatte sie ihm alles erzählt, bevor sie in Fieberträumen und Bewußtlosigkeit versank, und deshalb würde er Solace verlassen.

Sturm schüttelte den Kopf. Eine laute, tiefe Stimme hatte ihn aus seinen Erinnerungen gerissen. Die dunklen Bilder vom Weihrauch des Klerikers und vom unnatürlich blassen Gesicht seiner Mutter wichen dem Licht, und er war wieder im Wirtshaus »Zur letzten Bleibe«.

Caramon beugte sich über den Tisch zu ihm vor und fragte ihn über die Kerzenflammen hinweg: »Hast du gehört, Sturm? Schließlich ist es unser letzter Abend vor deiner Abreise, deine Satteltaschen sind schon gepackt mit Proviant, Briefen und Andenken. Ich wünschte, du müßtest nicht partout nach Solamnia und zu diesem Bankett und dann unbedingt dort bleiben ...«

»Ich habe nie behauptet, ich würde nie zurückkommen«, unterbrach ihn Sturm und verdrehte die Augen. »Ich habe es euch doch erklärt, Caramon. Es ist ... eine Art Pilgerfahrt, und wenn ich im Norden ein paar Dinge erfahren habe und ein paar andere geklärt sind, komme ich zurück.«

Caramon legte seine roten Pranken an beide Seiten des Tisches und lächelte seinen förmlichen, ernsten Freund entschuldigend an. Raistlin schwieg jedoch. Er wandte sein finsteres, aufmerksames Gesicht dem Kamin zu und sah in das Feuer.

»Aber diese ganze Suche, Sturm«, erklärte Caramon. »Das *könnte* ein Leben lang dauern. Bei *echten* Rittern von Solamnia jedenfalls.«

Bei dem Wort *echt* zuckte Sturm zusammen.

»Und wenn es so kommt, dann erfahren wir nie, warum du überhaupt fortgegangen bist.«

»Auch das habe ich euch wieder und wieder erklärt, Caramon«, wiederholte Sturm ruhig, doch mit brüchiger, angespannter Stimme. »Wegen Eid und Maßstab, denn es ist der Eid, der die Bruderschaft von Solamnia zusammenschweißt. *Darum* muß ich in den Norden ziehen – nach Solamnia ... ins Vingaard-Gebirge ... in den Turm des Oberklerikers.«

»Wieder der Kodex«, stellte Raistlin fest, der gelassen die Stille brach.

Die anderen beiden, die ihn überragten, drehten sich gleichzeitig zu ihrem dürren Kameraden um. Da er sich in eine dunkle Nische im Vallenholzstamm lehnte, war der junge Adept halb in den Schatten verborgen.

Aus dem grauen Zwielicht sprach Raistlin weiter. Seine Stimme klang dünn und melodisch wie die hohen Töne einer Viola. »Kodex und Maßstab«, sagte er verächtlich. »Dieses ganze selbstgefällige Gehabe, das der Orden gelobt. Und die fünfunddreißig Bände von eurem Maßstab –«

»Siebenunddreißig«, stellte Sturm richtig. »Der Maßstab umfaßt siebenunddreißig Bände.«

Raistlin zuckte mit den Achseln, während er seine abgewetzte rote Robe enger um die Schultern zog. Mit vogelartiger Anmut lehnte er sich rasch nach vorn und streckte seine schmalen Hände zur heruntergebrannten Glut des Feuers aus.

»Fünfunddreißig oder siebenunddreißig«, grübelte er, wobei seine blassen Lippen sich zu einem Lächeln verzogen, »oder dreitausend. Für mich alles gleich, so verrückt und festgelegt. Du bist nicht daran gebunden, auch nur eine Regel zu befolgen, Sturm Feuerklinge. Dein Vater war ein Ritter von Solamnia – nicht du.«

»Darüber waren wir schon immer geteilter Meinung, Raistlin«, schimpfte Sturm. Er beherrschte sich wieder und lehnte sich verlegen zurück. Er wußte selbst, daß er wie ein vorwurfsvoller, alter Schulmeister klang.

Raistlin nickte und schwenkte langsam den Tee in seiner Tasse. Er starrte auf den Grund, als könnte er in den kalten Kreisen die Zukunft vorhersehen.

»Es hat auch andere Jahre gegeben, Sturm«, wisperte er. »Andere Julfeste.«

Sturm räusperte sich.

»Es ist – weil Mutter jetzt fort ist, Raistlin«, erwiderte er zögernd und blickte nachdenklich auf das glänzende, flüssige Wachs in dem dunklen, tönernen Kerzenhalter. Der Docht trieb auf der Oberfläche. Bald würde die Kerze ganz ausgehen.

»Der Orden ist die einzige Familie, die ich jetzt noch habe. Ich kann nur nach Norden gehen. Aber es ist vor allem wegen dem, was meine Mutter mir erzählt hat ... über das, was in der Nacht geschah, als mein Vater verschwand.«

Die Zwillinge beugten sich vor, denn diese plötzliche Enthüllung verschlug ihnen die Sprache.

»Es gab also noch etwas?« fragte Raistlin. »Etwas, was deine Mutter dir nie erzählt hat?«

»Sie ... sie hat auf den richtigen Zeitpunkt gewartet«, entgegnete Sturm, dessen Hände unsicher auf der Tischfläche lagen. »Es war nur, weil ... die Pest ... sie konnte nicht länger warten ...«

»Dann war es auch der richtige Zeitpunkt für euch«, tröstete Caramon, der Sturm seine Riesenhand auf die Schulter legte. »Jetzt erzähl du es uns. Erzähl uns von jener Nacht.«

Sturm blickte in die neugierigen, braunen Augen seines jungen Freundes. »Also gut, Caramon. Ich werde es euch erzählen. Aber glaubt mir, das fällt mir ganz und gar nicht leicht.«

»Zuallererst«, fing Sturm an, dessen Blick am Tisch hing, »kümmerte sich Fürst Angriff um mich und Lady Ilys. Er schmuggelte uns über die Weststraße hinaus, bevor die Fackeln der Bauern den Ring um das Schloß ganz schließen konnten. Soren Vardis war unser Führer, und der Schnee wirbelte über die hochgelegene Straße, sonst hätten uns die Bauern wohl leicht entdeckt. In ihrer Wut hatten sie vergessen, was der Orden für sie getan hat.«

Die Zwillinge wechselten einen fragenden Blick, und Raistlin räusperte sich. Sturm fuhr fort. Er starrte in die sterbende Flamme.

»Was meinen Vater betrifft«, fuhr er träumerisch abwesend fort, »als wir in Sicherheit waren, dachte er an das Schloß und seine Garnison. Alfred war dort und Gunthar und Bonifaz und hundert Männer, von denen Vater nur den zwanzig Rittern wirklich vertrauen konnte. Denn ihr müßt wissen, das ganze Land lief mit einem Mal zu den Bauern über, und in den Wochen vor dem Fall des Schlosses hatten sich viele Fußsoldaten insgeheim vom Orden abgewandt.«

Sturm ballte die Fäuste. Seine dunklen Augen glühten.

»Was erwartest du denn, Sturm Feuerklinge?« murmelte Raistlin. »Was erwartest du von Bauern und Räubern?« Er legte dem jungen Solamnier seine schmale Hand auf die Schulter. Die Finger des Magiers waren blaß und fast durchscheinend, und in seiner Berührung lag etwas Beunruhigendes.

Sturm zuckte mit den Achseln und kippelte mit dem Stuhl nach hinten.

»Weiter«, flüsterte Raistlin. »Erzähl uns deine Geschichte.«

»Vater stieg in den Burghof hinunter, wo sich seine Soldaten versammelt hatten. Die Männer drängten sich auf der Suche nach Wärme zusammen, denn sie zitterten in ihren fadenscheinigen Decken und abgetragenen Roben. Nur ein Dutzend fehlte, und das waren zuverlässige Ritter, die Vater abgestellt hatte, um die Mauern zu bemannen, während er Rat hielt.

Der Hof war ein Meer von grauen Gestalten und Atemwolken, und als der Morgen nahte, fiel der Schnee unablässig. Vater lief zuversichtlich vor den Truppen auf und ab und blieb nur stehen, um eine Linie im Schnee zu ziehen, wie ein echter Kommandant. Ich habe ihn selbst so gesehen, in den Kriegen gegen Neraka, aber auch für diese Männer war es noch ein echtes Schauspiel.«

Sturm hielt bewundernd inne, während ein trauriges Lächeln über sein Gesicht zog. Vor dem Gasthaus füllte sich die Sommernacht mit Musik – das ungestüme Flöten der Nachtigall übertönte das langsame, ständige Zirpen der Grillen. Einträchtig lauschten die drei jungen Burschen den Lauten der Umgebung, bis der müde Otik schwerbeladen mit halbvollen Bierkrügen und schmutzigem Geschirr an ihrem Tisch vorbeikam.

Sturm sah die Zwillinge an und nahm seine Geschichte wieder auf.

»›Wer zu mir hält‹, sagte Vater, ›bleibt stehen. Denn was uns bevorsteht, ist Schnee und Belagerung und Rebellion.‹ Dann zeigte er auf die Linie vor seinen Füßen, und es heißt, daß der Nebel sich über die ganze Truppe legte, einfach weil alle den Atem anhielten.

›Wer gehen will‹, sagte er, ›ob in Sicherheit oder in die Reihen der Aufständischen, soll diese Linie überschreiten und mit meinem Segen davonziehen.‹«

»Mit seinem *Segen?*« fragte Caramon.

Sturm nickte. »Er sagte Segen, so erzählen es alle. Und ich kann's mir beim besten Willen nicht vorstellen, aber ich nehme an, wenn weder Herz noch Eid sie halten konnten, wär's ein Verbrechen gewesen, sie in die Schlacht zu schicken.

Aber das echte Verbrechen war, was dann kam. Als achtzig von ihnen die Linie überschritten und Schloß Feuerklinge verließen ...« Er ballte die Fäuste und wurde plötzlich rot, weil ihn seine eigenen Gefühle überraschten.

»Erzähl uns den Rest«, sagte Caramon, der die Hand hob, als wollte er den Wutanfall seines Freundes besänftigen.

»Vater hat kein Wort gegen diese Männer gesagt«, fuhr Sturm mit rotem, wütendem Gesicht fort. »Statt dessen holte er die Ritter von den Mauern. Dann stand nur noch diese kleine Schar im Hof, alle vom Orden.«

Raistlin räkelte sich und stand auf, um sich an den Kaminsims zu lehnen. Sturm setzte sich zurecht. Bitterkeit und Verwirrung hatten sich in ihm breitgemacht.

»Was aus denen wurde, die gingen, die sich den Bauern anschlossen, wissen nur die Götter. Ich habe gehört, daß viele der neuen Sache tapfer und gut gedient haben. Aber die, die zurückblieben, waren immer noch zuversichtlich. Denn ihr müßt wissen, daß mein Vater ihnen verraten hatte – den Rittern, und nur diesen, seiner kleinen Gruppe von Gefolgsleuten, die sich dem Eid und dem Maßstab verschrieben hatten –, daß der alte Agion Pfadwächter, damals schon über siebzig, aber immer noch voll Saft und Kraft, anrückte, um die Belagerung zu brechen. Mit fünfzig Rittern sollte er kommen, fast der gesamten Garnison von Kastell di Caela, einen halben Tagesritt südlich. Solange konnten sie auf jeden Fall durchhalten.

Jedenfalls bis ein Bote von der Kommandantin der Bauern eintraf – einer alten Druidin, deren Name meiner Mutter entfallen war –, daß Fürst Agion und seine Kompanie verraten worden waren. Einer aus Vaters Garnison hatte den Bauern die Nachricht zugesteckt, welchen Weg Fürst Agion von Kastell di Caela nach Schloß Feuerklinge einschlagen würde. Bei einem Hinterhalt in den Bergen überlebte nicht ein einziger Ritter, obwohl alle bis zum Schluß gekämpft haben. Es heißt, Agion wäre als einer der ersten gefallen.«

Sturm schloß die Augen.

»Haben sie den Verräter je gefunden?« fragte Caramon, der immer für Gerechtigkeit und Wiedergutmachung eintrat. Sturm nickte langsam.

»Angeblich ja. Immerhin suchten die Besten nach ihm – Gunthar, Bonifaz, Alfred Merkenin. Vater hatte gesagt, sie sollten es vergessen, aber sie suchten, bis Bonifaz den Verräter erwischte. Der Mann war noch nicht lange Ritter – aus Lemisch natürlich. Fürst Bonifaz beschuldigte ihn, doch der Mann stritt alles ab, so daß es einen Entscheidungskampf geben sollte. Aber in derselben Nacht hat sich der Feigling davongemacht. Es heißt, die Bauern selbst hätten ihn gehängt, jedenfalls sah Gunthar seinen Körper am Galgen baumeln, als er durch ihre Linien zog.

Am Morgen schickte Vater der Druidin eine Botschaft. Trotz ihrer natürlichen Begabung zum General und Strategen behaupteten die Bauern, daß die Druidin gerecht wäre – allzu gerecht. Da ihn die verraten hatten, denen er vertraut hatte, versuchte Vater an anderer Stelle sein Glück. Er sagte ihr, der Druidin, daß er kein weiteres Blutvergießen zwischen Solamniern wollte, ob sie nun für oder gegen den Orden waren. Und falls dies nicht möglich wäre, sollte nur sein Blut vergossen werden. Als Sicherheit für einen solchen Waffenstillstand lieferte er sich selbst den Bauern aus, die als Gegenleistung den Fürsten Alfred und Bonifaz, Gunthar und den übrigen aus Schloß Feuerklinge freien Abzug gewähren sollten. So heißt es jedenfalls«, murmelte Sturm, dessen zorniger Blick auf dem glänzenden Schild ruhte. »Denn in jener Nacht marschierte er in das Schneetreiben, und keiner der Überlebenden hat ihn je wieder gesehen.«

Im Gastraum des Wirtshauses schwiegen die Anwesenden respektvoll. Otik machte eine Pause vom Fegen und stützte sich auf seinen Besen, und das junge Mädchen, das er als Hilfe eingestellt hatte, sah von seiner Arbeit auf und hockte sich an den Schanktisch, weil es irgendwie spürte, daß dieses schmerzhafte, persönliche Gespräch Schweigen verlangte.

»Hab' ich euch erzählt, daß Fürst Angriff sein Schicksal lachend annahm?« fragte Sturm mit merkwürdigem Lächeln. »Daß er Schild und Brustpanzer so einfach ablegte und seinem guten Freund, Fürst Bonifaz, reichte, als würde er schlafen gehen?«

Sturm schloß die Augen. Seine Stimme stockte, als er weiter erzählte.

»›Dort, wo ich hingehe, nützen sie mir nichts mehr‹, sagte er, ›diese Symbole der Ritterschaft. Und warum sorgt ihr euch?‹ fragte er sie. ›Warum steigen finstere Gedanken in euren Herzen auf?‹ Es gelang ihnen so eben, die Tränen zu unterdrücken, sagte Mutter, denn sie wußten, daß er in den Tod ging, und daß sie jemanden wie ihn nie wieder sehen würden.

Und so umarmte er am Nachmittag seine Gefährten und trennte sich von ihnen. Bald war er im Schneetreiben vor den Mauern von Schloß Feuerklinge außer Sicht geraten. Zwei Männer folgten ihm in den Sturm. Sie mißachteten die Befehle meines Vaters, weil sie ihn liebten, und einen Augenblick sahen die weinenden Männer aus der Garnison meinen Vater und die beiden, die ihm folgten, als Dreigespann von dunklen Punkten tief im Schneesturm, und dann wieder weit hinten, wo irgendwo im Schnee die Fackeln der Bauern wie ferne, tiefhängende Sterne leuchteten, und die drei schienen die dünnen, dunklen Ränge des Feindes zu betreten, ohne je zu fallen, als würden sie blind in ein undurchdringliches Dickicht wandern.«

Sturm schüttelte sich. »Aus diesem Dickicht ist der Sohn von Angriff Feuerklinge aufgetaucht, meine Freunde. Ich werde Fürst Angriff Feuerklinge oder das, was aus ihm geworden ist, aufspüren, auch wenn das Maul von Hiddukel im Weg stehen sollte, um mich zu erledigen.«

»Was ihm leicht gelingen kann, Junge«, sagte Raistlin still. »Was ihm leicht gelingen kann.«

Sturm schluckte nervös. »Ob es ihm gelingt oder nicht, es wird Zeit, daß ich es angehe. Wie gern hätte ich dein Köpfchen, Raistlin Majere. Oder Caramons Kraft. Im Turm des Oberklerikers hat es ein Hinterwäldler wie ich nicht leicht.«

»Du bist doch kein Schwächling, Sturm!« machte ihm Caramon lautstark Mut, wodurch er das Mädchen am Schanktisch aufschreckte, das eilig mit seinen Binsen in den Schatten huschte. »Du kannst doch auch reiten und führst dein Schwert viel besser als ich. Es ist bloß ... bloß ...«

»Ich bin kein Schwertkämpfer«, stellte Sturm fest. »Kein richtiger. Nicht so wie mein Vater oder so, wie man es im Norden gewohnt ist. Nicht einmal halb so tapfer und nicht so gut im Reiten. Frag meine Mutter. Frag unsere Freunde aus Solamnia, die nach Süden kamen, nur um mir so etwas zu sagen.«

Caramon machte den Mund auf, als ob er antworten wollte, lehnte sich dann jedoch frustriert zurück. Wieder einmal hatten ihn Worte besiegt. Irgendwo unter ihnen, auf der Straße, die durch die Vallenholzbäume nach Solace führte, erhob sich das Wiehern eines Pferdes durch den pfeifenden Nachtwind.

»Was wir beide sagen wollen«, drängte Raistlin, der aus seinen Gedanken zurückkehrte und Sturm mit einem eindringlichen, beunruhigenden Blick bedachte, »ist: Wenn du so etwas schon in Solace zu hören bekommst, wird es dir im Vingaard-Gebirge noch schlimmer ergehen. Es ist zu früh, Sturm. Der Norden ist wie ein hungriges Raubtier, und der Orden ... nun, du weißt selbst, wie der Orden ist.«

»Es muß jetzt sein, Raistlin«, setzte Sturm dagegen und nahm einen Schluck von der lauwarmen, nach Rauch schmeckenden Brühe in seiner Tasse. »Es muß jetzt sein, denn – unabhängig von Kodex und Maßstab und den letzten Worten meiner Mutter – ich halte es einfach nicht mehr aus.«

»Was soll das heißen?« fragte Caramon, dessen Gedanken bereits wieder woanders waren. Aber in ihm arbeitete die Geschichte weiter: der einzigartige Angriff Feuerklinge, Meister des Schwertes, heldenhafter, edler Ritter, der es fertiggebracht hatte, bei der Belagerung von Schloß Feuerklinge furios zu verschwinden.

Der es fertiggebracht hatte, einen Sohn und so viele Fragen zu hinterlassen.

»Ich muß es wissen«, verkündete Sturm theatralisch. »Ich muß meinen Vater finden. Ja, ja, vielleicht ist er tot. Aber da oben erinnert man sich an ihn – hier ist er nur ... eine Legende.«

Raistlin seufzte. Mit seltsam schiefem Lächeln drehte er sich wieder zum Feuer um.

»Alles, was mein Vater getan hat«, erklärte Sturm, »im Turnier, in den Kriegen mit Neraka, wie er sein Schloß gehalten und die Familie versorgt hat –«

»Verkorkst dir deine Jugend«, unterbrach Raistlin. Er hustete – eindeutig eine Wintergrippe – und schwenkte vorsichtig den lauwarmen Tee in seiner Tasse. »Diese Suche nach Vätern«, stellte er ironisch fest, »ist eine üble Sache. Man muß dem Mann ein Gesicht geben, der einen umbringt.«

Caramon nickte langsam, obwohl er es gar nicht richtig begriff. Sein Blick folgte dem seines Bruders. Die Zwillinge saßen schweigend da und starrten in die rote Glut.

Ja, es ist wie verhext, dachte Sturm wütend, als er sie ansah, wie sie in ihrer merkwürdig ausbalancierten Gemeinschaft zufrieden waren. Aber ihr werdet das nie verstehen. Keiner von euch. Denn was auch immer geschieht, ihr habt einander, um ...

Zu zeigen, wer ihr seid.

Und mich bringt keiner um.

Gefangen in seinen Gedanken stand Sturm vom Tisch auf. Die Zwillinge bemerkten kaum, wie er hinaustrat, um sich von der abanasinischen Nacht umarmen zu lassen. Caramon winkte kurz über die Schulter, und bei seinem letzten Blick auf seine Freunde sah Sturm, wie sie Seite an Seite saßen, eingerahmt vom Feuer, bedrängt von Schatten, jeder verloren in den Träumen des anderen.

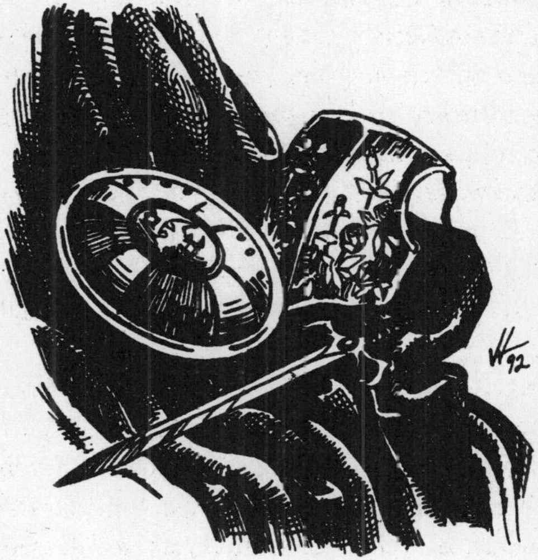

Kapitel 4

Abschied

Jetzt, nachdem er die Reise nach Norden und einen Sommer in Solamnia hinter sich hatte, waren Sturm von jenem Augenblick nur die Erwartungen und die Dunkelheit im Gedächtnis geblieben.

Während die ersten Februar-Winterstürme durch das Land fegten und den Schnee durch die dunklen Hänge der Vingaard-Berge peitschten, verbrachte Sturm seine Zeit mit Lernen. Gunthar brachte ihm Reiten und Schwertfechten bei, Fürst Adamant zeigte ihm, wie man im Wald überlebte, und die ganze Zeit über benahm sich Sturm wie ein echter Solamnier, wachte und betete und erwartete das Schlimmste. Abends nach dem Unterricht lief er auf den Zinnen am Rittersporn auf und ab und blinzelte nach Süden, wo die Ausläufer, die sogenannten Flügel des Habbakuk sich zu den Verkhus-Hügeln senkten und dann weiter hinunter in die Solamnische Ebene. Wenn es klar und windstill war, stellte sich der Junge einen grünen Streifen ganz hinten am Südhorizont vor. Der Südliche Finsterwald, dachte er, und es zog in seiner Schulter. Und Vertumnus. Der Winter ist fast vorüber, und ich bin noch lange nicht soweit.

Was er statt Raistlins kryptischen Kommentaren hatte, waren ganz naheliegende Fragen, die ihn jede Nacht lange wachhielten.

»Warum ist der grüne Mann in den Turm gekommen? Und warum war dieses Julfest anders als alle anderen? Warum wurde ich gewählt, und was will er von mir? Was erwartet mich im Südlichen Finsterwald?

Und neben Schwert und Pferd und Unterricht – wie kann ich mich auf einen schemenhaften Zauberer vorbereiten?«

Fürst Stephan sah ihn von seinem Arbeitszimmer aus mit wachsender Besorgnis auf der Mauer hin- und hergehen. Von seinem Fenster aus sah er die einsame, flackernde Laterne morgens in der Dunkelheit. Er hatte beobachtet, wie Sturm sich auf die Abreise vorbereitete, doch obwohl der Junge schnell lernte, war er doch noch grün hinter den Ohren und würde nicht weit kommen.

Da war zum Beispiel die Sache mit den Bauern. Die einfachen Leute in Solamnia hatten den Rittern ihre angebliche Mitschuld an der Umwälzung nie vergeben – dem katastrophalen Aufbäumen der Welt durch Feuer und Erdbeben vor über fünfhundert Jahren. Der Groll der Bauern dauerte an, und obwohl sich Feindseligkeit und Aufsässigkeit lange verbergen konnten, mitunter für zehn, zwölf Jahre, kamen sie immer wieder unvermittelt an die Oberfläche – wie bei dem Aufstand vor fünf Jahren.

Und wie anscheinend jetzt wieder in den kalten Wochen nach dem Julbankett.

Die Flügel des Habbakuk, dieses breite, verschlammte Vorgebirge südlich des Turms des Oberklerikers, durch die der einfachste Weg in die Berge führte, waren neuerdings ein wahrer Treibsand von Fallgruben, Schlingen und großen Fallen. Erfahrene Ritter erkannten die Spuren mühelos – ein dicker Haufen Vallenholzblätter auf einem vielbegangenen Weg, ein ungewöhnliches Spiel von Licht und Schatten in den Büschen, von denen die sachten Hänge übersät waren. Sie kannten die Tricks der Bauern wie schon der grünste Knappe, der in Sichtweite des Turms aufgewachsen war.

Aber Stephan fürchtete um den jungen Feuerklinge, der auf Streifzügen durch die Flügel mit seinen Kameraden schon dreimal knapp einem Anschlag entgangen war. Beim letzten Mal hatte die schlaue alte Stute Luin mehr Weisheit bewiesen als ihr geübter, aber unvorsichtiger Reiter, indem sie über eine Fallgrube gesprungen war, die sie beide umgebracht hätte. Sturm war bei dem plötzlichen Satz vom Pferd gefallen. Seine Schulter hatte tagelang geschmerzt, doch das beschäftigte Fürst Stephan weniger als die merkwürdigen Begleitumstände.

Es war beinahe, als wären die Fallen extra für Sturm aufgestellt gewesen.

Fürst Stephan stützte sich auf den Steinsims seines Fensters und dachte über die Ereignisse beim Julbankett nach – das Eintreffen von Vertumnus, den Kampf und die wundersame Forderung zum Duell. In der Erinnerung des alten Mannes verblaßte das alles bereits. Stephan dachte an die Vögel im Herbst, von denen dann jeden Morgen zwei, drei oder vier weniger auf den Zinnen saßen. Mit der Erinnerung war es genauso, und wenn man den ersten Rauhreif sah, waren nur noch die zähesten Vögel übrig.

Mit dem Frühling war es noch etwas ganz anderes. Den ganzen Winter waren die Monde am Himmel hin und her gewandert, waren erst im Westen aufgetaucht, dann im Nordwesten, dann ganz niedrig im Osten, wie sie zu Mittsommer stehen sollten. Der rote Lunitari und der weiße Solinari änderten ihre Stellung und ihre Phasen, und die Astronomen behaupteten, daß der schwarze Nuitari das gleiche täte. Zuerst war es ein Alarmsignal, denn dieselben Astronomen, die Wissenschaftler und die Gelehrten erklärten, daß die Veränderung im Mondenlauf eine größere Katastrophe ankündigen könne. Vielleicht würde es wieder eine Umwälzung geben, bei der sich die Erde aufbäumte, bei der sich Kontinente verschoben und furchtbare Zerstörungen stattfanden. Vielleicht war es etwas noch Schlimmeres.

Bald jedoch waren diese Ängste besänftigt. Die Monde waren nächtelang über den Himmel gezogen, ohne daß sich Erdspalten darunter auftaten. Zutiefst erleichtert waren die Leute im Turm wieder ihren alltäglichen Pflichten nachgegangen, und die Fußsoldaten begannen sogar zu wetten, wo die Monde wohl am nächsten Abend auftauchen würden. Schließlich schenkten nicht einmal die echten Nachtschwärmer im Turm des Oberklerikers – die Astronomen, die Wachen und der immer wachsame Sturm – dem unsicheren Schauspiel am Himmel Beachtung.

Dann fielen die subtileren Folgen auf. Vögel, die normalerweise im Mondlicht wanderten und sich an der Mondstellung orientierten, verirrten sich. Rotkehlchen und Lerchen trafen zu früh ein, um dann zwischen den Mauervorsprüngen zu zittern, als Wind und Schnee zurückkehrten.

Eines Morgens hatten drei Möwen Fürst Stephan an seinem Zimmerfenster überrascht. Von den wandernden Monden verführt waren sie fernab von jedem Meer gelandet. Ihre Federn waren zerzaust und die Flügelspitzen vereist.

Als Resultat der unsteten Anziehungskraft von Solinari war der Vingaard erst angeschwollen, dann abgeebbt und dann wieder so sehr angeschwollen, daß er schon die alten Flutdeiche zu übertreten drohte, die Sturms Vorfahren, die Blitzklinges und di Caelas, vor über hundert Jahren errichtet hatten. Pflanzen, die im Mondlicht wuchsen, wie die Mondblume und Immergrün, überwucherten die Turmgärten und die Ziersträucher, und draußen auf den Feldern brachen zur Überraschung der meisten Gärtner und zum Ärger der meisten Kinder Spargel und Rhabarber und die scharfschmeckenden Wintergemüse frühzeitig durch den Boden.

Die stärkste Veränderung gab es jedoch in sowieso schon fragwürdigeren Bereichen. Denn die Magie richtete sich natürlich nach den Mondphasen, und die eigenartigen, verrückten Vorgänge am Himmel brachten die magischen Verhältnisse dieser Gegend so sehr durcheinander, daß nur noch die allermächtigsten Wahrsagungen funktionierten. Wind und Wetter waren so wechselhaft wie die Monde, und flackernde Lichter übersäten die Flügel des Habbakuk. Bei Fürst Stephan sprachen zahlreiche Zauberer vor, denen Würste, Laternen oder Schuhe am Gesicht oder an versteckteren Teilen ihres Körpers klebten, denn bei den ständigen Fehden zwischen Zauberern konnte man ebensoleicht den kürzeren ziehen wie gewinnen.

Fürst Stephan hatte angesichts der Beschwerden der Zauberer die Stirn gerunzelt und sich große Mühe gegeben, mitleidig und zornig zu wirken, obwohl er am liebsten laut losgelacht hätte. Angesichts eines rotgewandeten Zauberers, aus dessen Ohren ständig lautstark Weintrauben wuchsen, hatte er schließlich gemeint, daß er im Herbst zumindest Wein machen könnte.

Doch die Veränderungen bei dem jungen Sturm waren weniger komisch. Mit seiner Verbissenheit und seinem Hin- und Herlaufen auf den Zinnen strapazierte er selbst die Geduld der anständigsten, eifrigsten Ritter. Seine langen Nachmittage in der Kammer des Paladin ließen alle möglichen Spekulationen aufkommen.

»Der betet zweifellos um die Wiederkehr der Umwälzung«, hatte Fürst Alfred diesen Morgen auf der Treppe Fürst Stephan zugeflüstert. »Es wäre ganz nach seinem Geschmack, wenn sich die Erde auftun und ihn verschlingen würde. Er würde es noch begrüßen.«

»Aber Alfred«, hatte der ältere Ritter gemahnt, dessen beruhigender Tonfall jedoch wenig überzeugend klang. »Wenn du dich nicht um seines verschollenen Vaters willen um Nachsicht bemühen kannst, dann denk wenigstens an seine Last. Wir sollten die Verbitterung ihm gegenüber ablegen und dem Jungen bei seinen letzten Vorbereitungen helfen.«

Im Vingaard-Gebirge nahte der Frühling, und trotz der Wanderungen der Monde und der Verwirrung der Vögel, Pflanzen und Magier vergingen die Tage. Auch wenn man es nunmehr auf dem Kalender ablesen konnte, der Frühling und damit der Zeitpunkt für den Aufbruch des Jungen kamen unaufhaltsam näher.

Sturm war allein in seinem Zimmer. Der Abend brach gerade an. Er hatte den Vormittag und Nachmittag im mittleren Burghof verbracht, wo Fürst Gunthar ihn rauh in die Feinheiten des Schwertkampfs eingeführt hatte. Immer noch keuchend vor Anstrengung entfernte Sturm die schweren Schienen von seinen Armen und zuckte zusammen, als Metall und Polsterung über die Blutergüsse streiften, die er sich bei dem Fall in den Flügeln zugezogen hatte. Es waren aber auch Spuren von jüngeren Kämpfen dabei, die vom Duelltraining und der Begeisterung seines Lehrers, Fürst Gunthar, herrührten. Es waren stumpfe Waffen gewesen, aber Gunthar war stark, und seine Schläge trafen genau, egal wie Sturm sich vorsah.

Sturm stöhnte und warf die Armschienen auf den Boden. Nachdem er sich auf seinem Bett ausgestreckt hatte, starrte er an die Decke. Sein Gesicht war rot vor Anstrengung und Scham. Anstrengung, weil Fürst Gunthar ihn hart drangenommen hatte. Scham, weil der Ältere das mit Leichtigkeit geschafft hatte, fast mühelos, während er ihm noch mit ruhiger Stimme Anweisungen erteilte.

»Hoch den Schild, Sturm!« hatte Gunthar geschimpft. »Du schlurfst und keuchst wie Fürst Raphael!«

Sturm war zusammengezuckt. Fürst Raphael war hundertunddrei und plapperte immer senil von der Umwälzung, an die er sich nun wirklich nicht erinnern konnte.

Langsam hatten Lehrer und Schüler sich umkreist. Gunthars graue Augen ließen den Jungen nie aus den Augen, sondern hingen an dem gepolsterten Schwert, das in seiner Rechten zuckte.

»Deine Deckung ist zu niedrig, Junge«, drängte Gunthar. »Vertumnus durchbohrt dich mit seinem Schwert, bevor du deins oben hast!«

Da war Sturm gestolpert, und Gunthar hatte ihn zurückgeschubst und auf den harten Boden des Burghofs gestoßen. Grimmig hatte der Ritter über ihm gestanden und in kurzen, knappen Worten erklärt, daß der Herr der Wildnis nicht höflich warten würde, bis er wieder auf den Beinen stände.

Denn der grüne Mann gehört nicht zum Orden. Man kann nicht erwarten, daß er ehrenvoll nach dem Maßstab kämpft.

Draußen gibt es keinen Maßstab. Bei diesem Treffen bist du der Maßstab!

Sturm schloß die Augen und wurde vom plötzlichen Klopfen an der Tür überrascht. Ich muß eingeschlafen sein, dachte er verstimmt, und kämpfte mit den Schnüren seiner Beinschienen, während die Tür aufging und Fürst Bonifaz Kronenhüter von Nebelhafen in den Raum trat. In der Hand hielt er sein Breitschwert, auf dem Rücken trug er einen großen Leinensack, der klirrte und schepperte, als er die Tür hinter sich zumachte.

Einen kurzen, alptraumhaften Moment dachte der Junge, der Unterricht würde vom Fürsten fortgesetzt. Aber Bonifaz war gelassen, legte seine Last ab und setzte sich mit dem Schwert über den Knien auf Sturms Bettkante.

Seine Stiefel waren verschlammt, und an ihren Sohlen klebten Vallenholzblätter.

»Ich habe dich mit Gunthar gesehen. Du wirst zu schnell müde«, sagte Fürst Bonifaz schroff.

»Und Gunthar wird zu langsam müde«, antwortete Sturm mit erschöpftem Lächeln, um sein Erstaunen und seine Angst zu verdrängen. Der Ältere grinste.

»Immerhin bist du Angriff Feuerklinges Sohn«, fuhr Fürst Bonifaz fort, woraufhin Sturm ihn hoffnungsvoll ansah. »Irgendwo tief in dir steckt er. Ja. Es kommt nur darauf an, daß der Feuerklinge zum Vorschein kommt. Weißt du, Angriff wäre dort im Burghof bei Gunthar geblieben, bis er gewonnen hätte – so einfach ist das. Bis zum Tod oder zur Wiederkehr der Umwälzung – Angriff war mir mit dem Schwert immer gewachsen, und obwohl ich der bessere Kämpfer war ...«

Bonifaz legte eine Pause ein und räusperte sich.

»Obwohl ich der bessere Kämpfer war«, sagte er, »siegte dein Vater mit seinem Feuer, seiner Tollkühnheit und seinem

Kampfgeist. Darum nannten ihn bald alle nur noch ›Feuerklinge‹.«

Bonifaz machte wieder eine Pause und sah den Jungen neben sich neugierig an. »Dann war da noch«, meinte er nachdenklich, »eine Vertrautheit mit dem Schwert selbst, als ob etwas in ihm die Gedanken und Bewegungen von Metall erspüren könnte. Er hätte einen guten Waffenschmied abgegeben, wenn der Orden ihn nicht gerufen hätte. Aber das war etwas Unterschwelliges, fast Unbewußtes, als ob es ihm im Blut liegen würde.«

»Davon hab' ich aber nichts geerbt«, erklärte Sturm matt. »Weder Vertrautheit noch Feuer noch Tollkühnheit noch Kampfgeist.«

»Und doch reitest du los, um dich dem Herrn der Wildnis zu stellen«, erwiderte Bonifaz leise, »nach reichlich Vorbereitung. Welchen Weg willst du nehmen?«

»Angeblich ist der direkte Weg immer der beste«, antwortete Sturm. »Ich reite nach Burg Vingaard, dann flußabwärts bis zur großen Furt im Süden. Dort überquere ich den Vingaard, folge dann seinem südlichen Lauf und reite direkt am Ufer entlang bis in den Finsterwald. Nichts ist einfacher, keine Straße besser.«

Fürst Bonifaz legte ihm fest die Hand auf die Schulter.

»Ein tapferer Plan, Sturm Feuerklinge, der deinem Namen Ehre macht«, erklärte er. »Ich hätte selbst keinen besseren Weg wählen können.«

»Danke, Fürst Bonifaz«, erwiderte Sturm mit verwirrtem Stirnrunzeln. »Euer Vertrauen macht mir wirklich Mut.«

Der ältere Ritter lächelte und rückte näher an Sturm heran. »Hat Angriff dir je die Geschichte erzählt«, fragte er, »wie er sich mit seinem eigenen Vater überworfen hat?«

Sturm schüttelte langsam lächelnd den Kopf. Seit seiner Ankunft im Turm des Oberklerikers schien jeder Ritter, dem er begegnete, eine Geschichte über Fürst Angriff Feuerklinge zu wissen. Glücklich und wißbegierig lehnte der Junge sich vor, um wieder einmal eine Geschichte zu hören.

Ein Lächeln zog über das Gesicht von Fürst Bonifaz, als er zu erzählen begann.

»Dein Großvater, Fürst Emelin Blitzklinge, war ein guter Ritter und ein guter Mann, aber er war weder als geduldig, noch als sanft verschrien. Als Sohn von Bayard Blitzklinge und Lady Enid di Caela, war Fürst Emelin so hart wie ein Blitzklinge und so, hm, hochnäsig? oder stur? wie ein di Caela.«

Sturm schaute finster drein. Er konnte sich nicht an seinen Großvater Emelin erinnern, aber so kritische Worte gefielen ihm nicht. Aber Bonifaz war es offenbar gewohnt, seine Meinung über die Blitzklinges frei herauszusagen.

Der ältere Ritter fuhr fort, die Augen auf das Schwert in seinem Schoß geheftet. »Nun, das war nie die einfachste Familie. Angriff fürchtete seinen Vater genausosehr, wie er ihn respektierte, und in den schwierigen Jahren des Heranwachsens hielt er sich bei formellen Anlässen vom alten Emelin fern und begegnete ihm lieber auf der Jagd. Denn dort waren sie gewöhnlich ein Herz und eine Seele, wie es bei Vätern und Söhnen sein soll.«

Bonifaz streckte sich rücklings auf dem schmalen Bett aus und verschränkte die Hände hinter dem Kopf.

»Gewöhnlich«, wiederholte Sturm.

»Ich erinnere mich an diese Jagden«, fuhr Bonifaz fort. »An den Geruch des Holzrauchs an kalten Morgen wie heute, wenn wir dem Keiler nachsetzten. Am besten erinnere ich mich an den Winter mit Fürst Tück.«

»Fürst Tück, Sir?« fragte Sturm. Trotz seiner Vorliebe für solamnische Geschichten und Legenden fiel ihm kein Ritter namens Tück ein.

Bonifaz schnaubte. »Ein Keiler. Tück war ein Keiler mit langen Stoßzähnen, der in jenem Winter dreihundertsiebzehn selbst den Besten entwischte. Dein Vater und ich waren siebzehn und für alles gerüstet – bis auf dieses Schwein. Fürst Tück entkam uns in den Bergen, in den Hügeln und in den schneebedeckten Ebenen, wo man die Spuren tagelang verfolgen konnte.

Das Julfest verstrich, ohne daß wir ihn erlegten. Erst im tiefsten Winter konnten wir ihn zur Strecke bringen, nicht weit von hier, in den Flügeln des Habbakuk. Ich erinnere mich gut an den Tag. Die Jagd. Wie wir ihn erlegten. Aber am besten daran war, was hinterher geschah.«

Sturm legte vorsichtig die Beinschienen ab, ohne den alten Freund seines Vaters aus den Augen zu lassen. Bonifaz schloß die Augen und schwieg so lange, daß Sturm schon fürchtete, der Ritter wäre eingeschlafen. Aber dann erzählte Fürst Bonifaz, und Sturm ging ganz in der Geschichte auf. Sie spielte fünfundzwanzig Jahre früher, weit im Süden des Turms.

»Fürst Agion Pfadwächter führte uns in die Hügel. Dein Cousin. Der stämmigste Pfadwächter, der je diesem jetzt erloschenen Geschlecht entwachsen ist. War nach einem Zentaurenfreund seines exzentrischen Vaters benannt, dieser Agion. Bester Freund deines Großvaters und ein großer Raufbold, und wie oft haben die beiden gerauft, sich gründlich verprügelt und einander die Freundschaft aufgekündigt. Wie sein Namenspatron wirkte Agion, ein breiter Mann, im Sattel wie ein halbes Pferd, wenn er wie der Südwind über die Hänge der Flügel brauste.

Wir hatten die Spur gleich nach der Morgendämmerung aufgenommen, nachdem die breitnackigen Alanhunde, unsere besten Jagdhunde, schon allein beim Geruch von Tück aufgejault hatten. Sie rannten durch die Felsen wie Wasser, das bergauf schäumt, fächerten sich weit auf und kamen wieder zusammen, bis sie durch einen engen Paß in ein struppiges Ewigkeitsbaumwäldchen hetzten, wo der Keiler wartete. Die Jäger konnten die Meute kaum bändigen. Sie kläfften und bellten und jagten immer um dieses kleine Dickicht herum. Tück war da drin, das wußte jeder, aber wir, hm, hielten uns alle zurück damit, als erster hineinzugehen, um ihn zu begrüßen.«

Sturm nickte und schüttelte sich leicht, denn er hatte letzten Herbst selbst seine erste Wildschweinjagd überstanden.

»Schließlich saßen vier von uns ab und betraten das Dickicht zu Fuß: Agion, Emelin, dein Vater und ich. Angriff und ich waren mehr oder weniger als Knappen dabei. Wir sollten die Speere tragen und die Stellung halten und still sein. Aber Angriff war eben anders. Als Agion durch das Unterholz brach und den Keiler aus seinem Versteck jagte, ging dein Vater wie ein Panther auf das Tier los, schnell und bedrohlich, und traf das Biest nicht nur einmal, sondern gleich dreimal mit seinen Speeren. Tück war alt und hatte eine dicke Schwarte, und die Würfe deines Vaters waren die eines jungen Mannes – schnell und gezielt, aber ohne die Kraft, die Knorpel und Knochen zu durchbohren.«

»Er hat den Keiler also nur gereizt«, stellte Sturm fest. Bonifaz nickte.

»Tück griff Agion an, der kehrtmachte, losrannte und sich durch einen dichten Ewigkeitsbaum hindurch in Sicherheit brachte, doch der aufgebrachte Keiler blieb ihm dicht auf den Fersen. Gleichzeitig schlug dein Großvater einen Bogen um das Tier und wartete auf die Gelegenheit, ihm den Todesstoß zu versetzen.

Diese Gelegenheit kam nicht, weil Angriff ungeduldig war.

Er hetzte den alten Tück durch das Unterholz, und im Dickicht verlor ich ihn immer wieder aus den Augen. Schließlich hörte ich es rascheln und husten und stolperte um ein dickes Zweiggeflecht herum … und stand dem alten Keiler selbst gegenüber.«

Bonifaz machte eine Pause. Er stand auf und begann, durch den Raum zu schreiten, während Sturm atemlos lauschte.

»Er war so zottig wie der Bison von Kiri-Jolit, triefte vor Schweiß und Schlamm und war halb in Nebel und Ewigkeitsbaumgrün versteckt. Er sah aus, als stamme er aus einer Legende, aus dem Zeitalter der Träume und den Liedern der Barden. Ich weiß noch, wie ich vor seinem Angriff gedacht habe, wenn die Natur selbst Gestalt annehmen müßte, dann als dieses Untier da vor mir, mit seiner schrecklichen Wildheit und der merkwürdigen, grausigen Gleichgültigkeit.«

Wieder machte der Ritter eine Pause, in der er mit geballten Fäusten durch die Luft fuhr, als wollte er etwas umklammern oder wegstoßen.

»Er … hat Euch angegriffen, Fürst Bonifaz?« fragte Sturm schließlich. »Der große Keiler hat Euch angegriffen?«

Bonifaz nickte. »Ich hatte sofort mein Schwert parat. Aber ich kam nicht mehr dazu, es zu benutzen.«

Ein eigenartiger Schatten verdüsterte das Gesicht des Ritters. Sturm wartete gespannt, denn der Mann erinnerte sich offenbar deutlich an jenen Moment, in dem der furchtbare Keiler angriff.

»Ich kam nicht mehr dazu«, wiederholte Bonifaz. »Angriffs Speer fuhr Tück sauber zwischen die Schulterblätter, und der Keiler taumelte, richtete sich wieder auf und taumelte wieder. Glaub mir, beim zweiten Taumeln war ich längst aus dem Weg, aber ich sah, was jetzt geschah – wie dein Großvater und Agion auf die Lichtung stürmten und Fürst Emelins Schwert silbern in der Wintersonne aufblitzte, als er es hochriß und das Tier erschlug.

Eine Zeitlang standen wir alle neben dem Keiler. Die Alans bellten irgendwo draußen vor den Bäumen, doch das schien so weit entfernt, als würden wir uns bloß an sie erinnern.

Dann sagte Fürst Agion: ›Ein passendes Ende für unseren Gegner Fürst Tück, dessen Kopf den Saal von Fürst Emelin Blitzklinge zieren soll, der ihn erlegt hat.‹

Dein Großvater lächelte und nickte, aber dein Vater stand blaß und totenstill da, und in diesem Moment wußte ich, daß etwas zwischen den beiden zerbrochen war, was vielleicht nie mehr gutzumachen war. ›Aber, Fürst Agion‹, widersprach Angriff, der so unüberlegt und stürmisch zur Sache kam wie bei jeder Jagd, bei jedem Turnier. ›Ich erwarte doch, daß beim Erzählen hervorgehoben wird, daß ich den ersten und ausschlaggebenden Speer geworfen habe.‹

›Unsinn‹, widersprach Fürst Emelin. ›Mein Schwert hat den Keiler getroffen, und er war tot. Mehr gibt es dazu nicht zu sagen.‹

Es gab wirklich nicht mehr dazu zu sagen. Aber ich konnte sehen, wie Angriff es dennoch sagen wollte. Er fing an, zu widersprechen und seine Ehre zu verteidigen. Aber Fürst Emelin wollte nichts mehr davon hören.«

Fürst Bonifaz machte eine Pause und blickte den Jungen an. Sturm starrte mit geballten Fäusten zurück. Wie ungerecht von Fürst Emelin, dachte Sturm wütend. Das verstößt doch völlig gegen Kodex und Maßstab!

»Nicht ganz, Sturm Feuerklinge«, korrigierte Fürst Bonifaz, als ob er die Gedanken des Jüngeren lesen könnte. »Die Regeln der Jagd sind einfach, so einfach, wie Fürst Emelin sie an jenem Morgen in den Flügeln des Habbakuk ausgelegt hat. Aber Angriff sprühte vor Wut. Er spürte, daß etwas daran über Regel und Protokoll hinausging, aber Regel und Protokoll verlangten, daß über den Rest zu schweigen war. Er zog seinen Speer heraus ...«

Bonifaz hielt inne und schüttelte etwas traurig den Kopf.

»Und ich steckte mein Schwert weg, damit wir aufsitzen konnten. Ich sah zu«, fuhr er fort, »wie mein Freund den ganzen Ritt von den Verkhus-Hügeln bis nach Schloß Feuerklinge schäumte. Er war so stumm wie ein Schaf unterm Scherer und sagte den ganzen Nachmittag kein Wort mehr. Denn schließlich verstieß es mehr gegen Kodex und Maßstab, sich gegen seinen eigenen Vater aufzulehnen, als alles, was Fürst Emelin den Regeln entsprechend auf der Lichtung getan hatte.

Agion hat den jungen Angriff auf dem ganzen Rückweg nach Schloß Feuerklinge gehänselt. Er rief ihn ›Treiber‹ und ›Spürhund‹ und ›Alan‹, als ob der Junge bei der ganzen Jagd nur das Tier aufgespürt hätte. Angriff kochte fast über, aber er schwieg immer noch. Doch ich wußte, daß die Sache noch nicht ausgestanden war.

Es geschah beim Bankett am Abend zu Ehren von Fürst Emelin. Alle führenden Familien waren da – die Merkenins, die Jeoffreys, die Celestes –, und es ging um Jagd und Zeremonien.

Nachdem das Essen aufgetragen war und die Gäste dem Essen und dem Wein kräftig zugesprochen hatten, ging Angriff zu seinem Vater. Agion, der links neben Fürst Emelin saß, rümpfte die Nase, als er kam, und sagte viel zu laut: ›Da kommt der Junge, der um seinen Hundeanteil betteln will.‹«

Sturm hielt den Atem an. Wenn man bei der Jagd ein Tier abgezogen und zerlegt hatte, überließ man die Eingeweide und Hufe den Hunden. Agions Worte waren nicht nur beleidigend, sondern schon grausam.

»Emelin drehte sich zu Agion um und sagte etwas in scharfem Ton, aber man konnte nichts verstehen«, erzählte Bonifaz,

»doch Angriff schien den dicken Flegel nicht zu beachten. Er stand schweigend vor seinem Vater, bis Fürst Emelin von dem Streit mit seinem Cousin aufblickte. Dann fing Angriff an. Seine Rede war sanft und milde und genauestens durchdacht, aber noch nie zuvor oder seither sind in Schloß Feuerklinge solche Worte gesprochen worden.

›Mein Fürst und Vater weiß‹, sagte er, ›daß Maßstab und wahre Gerechtigkeit manchmal nicht übereinstimmen. Er weiß auch, daß – trotz Schwert und Gnadenstoß – mein Speer Fürst Tück den tödlichen Stoß versetzt hat.‹

Das klang gestelzt und künstlich, aber man hatte ihn verstanden. Ein Murmeln ging durch den Raum, bis Fürst Emelin verärgert aufstand.

›Willst du damit sagen, Angriff‹, fragte er, ›daß dein Vater … daß *ich* … dir die Trophäe *gestohlen* hätte?‹

›*Gestohlen* würde ich es nicht nennen‹, entgegnete Angriff, dessen eigener Ärger durch die ruhige Höflichkeit hervorbrach. ›Eher *erobert.*‹

Da holte Fürst Emelin aus und schlug seinen Sohn ins Gesicht.«

»Schlug ihn ins Gesicht?« fragte Sturm, dessen Stimme sich vor Empörung erhob. »Vor seinen Freunden bei einem offiziellen Bankett? Aber … es gibt kein … keine …«

»Keine Antwort auf so eine Demütigung«, erwiderte Bonifaz ruhig. »Anscheinend nicht. Aber Emelin hatte alle Grenzen überschritten, hatte den Grundsatz des Maßstabs verletzt, denn ›obwohl die Ehre alle Gestalten und Formen annehmen kann, muß der Vater seinen Sohn ehren wie der Sohn den Vater.‹ Seinen Vater zurückzuschlagen, wäre undenkbar gewesen, genau wie jedes harte Wort angesichts einer solchen Beleidigung. Aber er konnte auch nicht stehenbleiben und den Schlag hinnehmen, ohne seine Mannesehre zu verlieren.

Emelin wurde sofort rot vor Scham. Er wußte, daß er zu weit gegangen war, aber er konnte den Schlag nicht zurücknehmen. Anscheinend gab es für Angriff keinen Ausweg. Aber hör zu.

Weiß vor Wut stand er vor seinem Vater. Der knallrote Abdruck von der Hand des alten Emelin war noch in seinem glatten Gesicht zu sehen. Da drehte Angriff sich um und schlug Agion gezielt aufs Nasenbein.

Es gab ein Geräusch, als wenn ein dicker Ast im Sturm bricht. Agion fiel schwer hintenüber und knallte auf den Boden, wo er eine gute halbe Stunde bewußtlos liegenblieb. Als er aufwachte, brabbelte er etwas über Socken und Rhabarberkuchen.«

»Mein Vater hat *Agion* geschlagen?« rief Sturm erstaunt und entzückt aus. »Aber wieso? Und ... und ...«

»Hör zu«, sagte Bonifaz lächelnd. »Denn jetzt kommt, was dein Vater gesagt hat: ›Zeig das meinem Vater, wenn ihr euch mal wieder prügelt. Es war mein Treffer auf ihn, so wie er Fürst Tück getroffen hat.‹«

Sturm schüttelte bewundernd den Kopf. »Wie ist er darauf bloß gekommen, Fürst Bonifaz? Wie ist er darauf bloß gekommen?«

Bonifaz machte den Beutel zu seinen Füßen auf und zog langsam den Brustharnisch und den Schild heraus. »So hat er eben gedacht, Sturm. Er hat auch daran gedacht, das hier bei mir zu lassen ... damit ich es zu gegebener Zeit an dich weitergebe.«

Atemlos griff Sturm nach dem Schild.

»Der Eid verpflichtet mich, dir das hier zu geben«, erklärte Bonifaz geheimnisvoll. »Aber dieses Schwert, das ist ... *mein* Geschenk.«

Er reichte ihm das Breitschwert aus seinem Schoß. »Dein Vater hat die Blitzklinge anscheinend mitgenommen oder irgendwo versteckt, wo sie nicht einmal seine Freunde gefunden haben. Aber Angriff Feuerklinges Sohn *verdient* ein Schwert wie das, das ich dir hier gebe.«

Er streckte ihm das Heft der Waffe entgegen. Im Lampenschein von Sturms Zimmer glänzte es matt.

»Mach es zu deinem«, flüsterte Bonifaz geheimnisvoll. »Dein blitzendes, zweischneidiges Schwert.«

Bonifaz ließ Sturm mit dem Schwert auf den Knien zurück. Ein oder zwei Stunden lang polierte der Junge die Waffe. In der glänzenden Klinge konnte er sein Spiegelbild sehen, und ähnlich im eckigen Rand des Schildes. Als Fürst Gunthar Uth Wistan das Zimmer betrat, nahm Sturm ihn kaum wahr.

»Im Südlichen Finsterwald mußt du besser auf der Hut sein«, bemerkte der Hofrichter, als der Junge überrascht aufsprang und das Schwert klirrend auf den Steinboden fiel.

»Ich habe ... ich ...«

Fürst Gunthar ignorierte das Gestammel des Jungen und setzte sich, wobei sein Kettenhemd rasselte. Vorsichtig legte er das Bündel ab, das er mitgebracht hatte – etwas Schweres, Unförmiges, das in eine Decke gewickelt war. Sturm wunderte sich, daß der Mann in voller Rüstung durch die Gänge des Turms gewandert war. Man konnte meinen, der Turm des Oberklerikers würde belagert.

Jetzt streckte Gunthar seinen Arm aus. In der Handfläche des Handschuhs lagen ein paar hellgrüne Blätter. »Kennst du die?« fragte er kurz.

Sturm schüttelte den Kopf.

»Kalvianeiche«, stellte der Ritter schlicht fest. »Erinnerst du dich an das alte Sprichwort?«

Sturm nickte. Mit Reimen und Legenden kannte er sich besser aus als mit Blättern und Bäumen. »›Grünt zuletzt und fällt zuletzt‹, Sir. Heißt es jedenfalls unten in Solace.«

»Hier sagt man genauso«, bestätigte Gunthar. »Deshalb ist es auch so merkwürdig, daß ich diese Blätter mitten im Winter anbringe, meinst du nicht auch?«

Er bedachte Sturm mit einem ruhigen, undurchschaubaren Blick.

»Ich muß aufbrechen«, stellte der Junge fest. »Das hat es zu bedeuten.« Das Zimmer kam ihm warm vor, und durch das Fenster trieb ein leichter Südostwind Blütenduft herein.

Kapitel 5

Abreisen und Pläne

An diesem Morgen wendeten nur die Frechsten ihre Augen nicht ab.

Während die Nacht zu Ende ging und die Glocke der dritten Wacht tief und einsam durch die kalten, fackelerhellten Korridore hallte, regten sich die Knappen langsam, um ihren Herren die Rüstung zu richten. Sie murrten über das Wetter und die frühe Stunde. Zu dieser Zeit wurde es normalerweise richtig lebendig, es wurde gescherzt und geschwatzt, aber heute morgen war es still, alle dämpften ihre Stimmen, als Sturm auf dem Weg zum Stall vorbeieilte. Schweigend, fast beschämt, wendeten Ritter und Knappen die Augen ab. Sogar die Diener, die den Angelegenheiten der Solamnier sonst gleichgültig gegenüberstanden, unterhielten sich nur noch im Flüsterton.

»Als wenn sie einen Verdammten verabschieden«, murmelte Sturm in sich hinein. Er trat in den zentralen Burghof, in die Dunkelheit und die letzten Schneewehen des Winters. Derek Kronenhüter stand einen Steinwurf weit von der Stalltür entfernt. Er war in Decken und Nebelwolken gehüllt. Zwei von den Jeoffreys standen bei ihm. Da sie alle Aristokraten waren und ihre Familien seit Generationen an der Spitze standen, hatten die drei keine morgendlichen Pflichten. Sturm rätselte, was sie aus ihren warmen Betten und ihren hochwohlgeborenen Träumen getrieben hatte.

Als der Junge in den Stall ging und nach seinem Sattel griff, der am gewohnten Platz an der Wand hing, war dieser mit trockenem Efeu festgezurrt und bizarr mit Ewigkeitsbaumgrün geschmückt. Er hörte es draußen lachen und zerrte wütend den Sattel aus der Umklammerung des Grünzeugs. Die Ranken rissen, so daß er mit dem Sattel ins Taumeln geriet, und da erhob sich aus der dunklen Kälte ein Chor junger Stimmen.

»An deine Brust nimm, Huma, ihn«, sangen sie.

»An deine Brust nimm, Huma, ihn
Am Himmel, ungeteilt und wild.
Gönn eines Kriegers Frieden ihm;
Befrei den letzten Blick so mild
Von den Wolken der Kriegesflammen
Die von Sternenfackeln stammen ...«

Sturm trat aus dem Stall. Unwillkürlich mußte er lächeln. Schließlich sangen die Jungen eine solamnische Totenklage.

Sie brachten den Vers zu Ende und standen verächtlich vor ihm. Derek Kronenhüter war nach dem schiefen Gesang rot angelaufen und atemlos, aber er hatte sich breit vor seinem Rivalen aufgebaut, obwohl sein Lederharnisch rissig und schmutzig und sein Gesicht ungefähr in vergleichbarem Zustand war. Hinter ihm schüttelten sich die beiden blassen, hämischen Jeoffreys mit ihren Fledermausgesichtern vor Lachen.

Sturm kam ein verrückter Gedanke. Wenn er Derek Kronenhüter wirklich seinen Wunsch erfüllen und von dieser seltsamen, verwünschten Reise nie zurückkehren würde, warum sollte er dann nicht so ausziehen, wie sein Vater in jener legendären Nacht, als Schloß Feuerklinge gefallen war, seine trauernde Garnison verlassen hatte? Warum sollte er sie eigentlich nicht lachend verlassen?

Mit einem Mal stimmte Sturm wild in den Gesang mit ein.

»Laß seinen letzten Atemzug
Ganz sanft in der Luft sich wiegen,
Laß über Rabenträumen ihn fliegen,
Wo Tod bringt nur des Falken Flug.
Dann steig er auf zu Humas Schild
Am Himmel, ungeteilt und wild.«

Lauter und lauter sang Sturm, und brachte so erst den einen Jeoffrey, dann den anderen, dann Derek, den Anstifter, zum Verstummen. Verwirrt und eingeschüchtert wichen die Knappen vom Stall zurück, während Sturm ihnen folgte und noch lauter sang.

Gründlich durcheinander drehten sich die Jeoffreys um und rannten davon, bis nur noch Derek rückwärts durch den Hof schritt. Sturm ging auf ihn zu und sang noch lauter, bis in den Turmfenstern die Lichter angingen, weil ungehaltene Ritter von Dereks schiefgegangenem Streich aus dem Schlaf gerissen worden waren.

Schneller und schneller wich der hochnäsige Knappe zurück, dem jetzt das Lachen im Hals steckenblieb, als er in die harten Augen dieses offensichtlich irren Südländers blickte. Derek Kronenhüter war so auf seinen Rückzug versessen, daß er den Gärtnerjungen Jack übersah, der hinter ihm stehengeblieben war, um sich von der unangenehmen Aufgabe zu erholen, eine Schubkarre voll Mist von den Ställen wegzuschieben.

Es war wirklich schade, daß er ihn übersah.

Derek kippte hintenüber in die Schubkarre, doch sein Fall wurde von deren noch recht frischen Inhalt abgebremst. Während er aus der Schubkarre kroch, stolperte und hinfiel, brachte Sturm die Totenklage mit lauter, überschnappender Stimme zu Ende.

Stephan und Gunthar standen oberhalb der Jungen auf den Zinnen, blickten hinunter und beobachteten den Verlauf der ungewöhnlichen Morgenmusik.

»Ein echter Feuerklinge, der da unten«, sagte Fürst Gunthar leise zu seinem alten Freund.

»Nicht *nur* Feuerklinge«, räumte Stephan ein. »Aber, so die Götter wollen, feurig genug.«

Sturm lächelte wieder, als er sein Pferd sattelte. Ihm war wild, unruhig und seltsam frei zumute.

Derek war rot und wütend geworden und davongelaufen, diesmal sehr vorsichtig, und hatte sein arrogantes Gehabe im verschneiten Hof zurückgelassen. Auf den Stufen zum Ritter-sporn war ein verärgerter Fürst Bonifaz aufgetaucht, der den dreckigen Knappen an einem sauberen Ärmel festhielt.

»Wie kannst du den Morgen mit solchem Unfug vertun«, schimpfte Bonifaz, »wenn ich bis Sonnenaufgang noch hundert

Dinge für dich zu tun habe!« Sie trollten sich über den Hof, wobei der Ritter seinen Knappen schalt und ihn mit Fragen über Fragen überhäufte. Der Gärtner Jack verbarg ein zahnlückiges Lächeln und schob die Schubkarre hinter ihnen her. Leise summte er Sturms Lied vor sich hin.

Sturm grinste, als er die Prozession abziehen sah. Zweifellos würde Derek ein Bad nehmen müssen und dann in seine mit Teppichen ausgelegten Gemächer geschickt werden, wo er wütend und gedemütigt üben konnte, was er am besten gesagt oder getan hätte, als der Emporkömmling aus Solace sich brüllend vor Lachen gegen ihn wandte.

»Nur einen Tag, Luin«, flüsterte Sturm der Stute zu, die freundlich in die langsam dämmrig werdende Dunkelheit des Stalls schnaubte. »Einen Tag für Derek, und wenn ich erst weit fort bin, ist völlig offen, was man sich über den Vorfall heute morgen erzählen wird.«

Die Silhouette der Festung tauchte langsam im blaßgrauen Licht auf. Die Lampen im Turm wirkten jetzt schwach, und über ihnen jagten Fledermäuse und leuchtende Vespertile in die Sicherheit ihrer Höhlen und der Heuböden des Tieflands. Tief unten in der Ebene zeichnete sich der Horizont im Nebel ab.

Bis Sturm Luin schließlich in den Hof und zum Südtor führte, war die Sonne schon aufgegangen. Dort stand Fürst Stephan, um ihn zu verabschieden. Auch Gunther war da, der den jungen Mann streng musterte und sich davon überzeugte, daß sein Pferd ordentlich gesattelt war und daß die ererbte Rüstung auch so saß, wie es einem Solamnier angemessen ist.

»Diese Rüstung deiner Vorfahren ist ein bißchen … groß, Bursche«, erklärte Gunthar enttäuscht, während er zweifelnd auf Angriffs Brustharnisch starrte, der so weit war, daß es aussah, als hätte jemand Sturm in einen Käfig gesteckt. »Vielleicht hast du etwas Angemesseneres in deinem Zimmer?«

»Etwas Passenderes schon, Fürst Gunthar. Aber angemessener? Denn ich bin der Feuerklinge, der vom Herrn der Wildnis zum Duell gefordert wurde. Mein Erbe zieht mit mir, wohin, wissen nur die Götter.« Der Junge unterdrückte ein Lächeln. Diese Worte hatte er sich ausgedacht, während er die Stute gestriegelt hatte, und er fand sie wohlklingend und dem Maßstab getreu, eine passende Rede zum Auszug und eine passende Einleitung seines eigenen, großen Abenteuers.

Dreister kleiner Wichtigtuer, dachte Fürst Stephan leicht amüsiert. Wie er in seinem Sarg von Brustharnisch herumplappert. Mal sehen, wie ›der Feuerklinge‹ und seine Erbschaft die Neuigkeiten aufnehmen.

»Wohin, wissen nur die Götter, sehr richtig, Sturm Feuerklinge«, erklärte Stephan laut, als die großen Eichentore des Turms des Oberklerikers hinter ihm aufgingen. »Aber dein erstes Ziel ist zweifellos der Südliche Finsterwald, und anscheinend, hm, besteht Fürst Vertumnus darauf, dir den Weg dorthin zu zeigen.«

Sturm riß die Augen auf, als er Stephan über die Schulter sah. Auf unerklärliche Weise waren Ranken über das Pflaster unter dem Südtor gewachsen, die sich wie ein enormes, grünes Spinnennetz über den breiten Durchgang zogen. Und draußen auf den Flügeln des Habbakuk, die südöstlich in die felsigen Vorberge abfielen, war aus dem Nichts ein schmaler Graspfad gewachsen. Über Nacht hatte er sich von den Schloßtoren bis hinunter zur Solamnischen Ebene gezogen. Hell wie grünes Feuer strahlte er und war makellos wie ein Ehrenteppich.

»Ein guter Gastgeber, dieser Vertumnus«, scherzte Sturm unsicher, während er sich die Schulter rieb, die ganz plötzlich wieder zu pochen begann. »Wirklich ein guter Gastgeber, daß er mich vom Turm zu seiner Festung führt.« In der nebligen Luft klangen seine Worte dünn.

»Ich vertraue darauf, daß das Wagnis nicht so schlimm ist, wie es dein Freund Kronenhüter macht«, beharrte Fürst Stephan. »Aber ich würde auch nicht lügen und behaupten, dein Weg würde leicht sein. Aber mögen auch der Drache und die Gottesanbeterin dich führen, und möge das Graue Buch sich auftun und dir seine Weisheit zeigen.«

Jetzt klinge ich selbst schon aufgeblasen, dachte Fürst Stephan. Muß an der frühen Stunde und am Grünzeug liegen. Denn das hatte auch die Ritter überrascht – daß Vertumnus' Magie bis direkt vor die Tore des Turms führte. Es war nur ein schmaler Grünstreifen – aber welche Macht! Fürst Gunthar war vom Tor weggetreten und berührte das Gras zuerst mit dem Schwert, dann mit der bloßen Hand. Stephan war ihm sogleich gefolgt. Das Frühlingsgras fühlte sich warm und biegsam an, und durch die Berührung erwachte eine seltsame Sehnsucht nach den Tiefen der Wildnis, nach dichten, grünen Wäldern.

»Mögen der Drache und die Gottesanbeterin dich leiten«, flüsterte er wieder, als Sturm vorsichtig sein Pferd durch das Rankengewirr zu Vertumnus' magischem Pfad führte. Auch Bonifaz und Gunthar sahen von den Mauern aus zu, und den Rittern kam der Junge verletzlich und völlig unzureichend vorbereitet vor. Wieder bedauerte Fürst Stephan, daß Eid und Maßstab sie daran hinderten, alle zusammen die Waffen zu ergreifen und ihm zu folgen.

Mag er auch ein Feuerklinge sein – ja, in Aussehen und Mut war er wirklich Fürst Angriffs Sohn. Aber was vor ihm lag …

Bonifaz zerrte seinen stotternden Knappen zu einem abgeschiedenen Platz außerhalb des Gartens, der neben einem Schuppen lag, wo Gärtnerwerkzeug zwischen zerbrochenen Statuen und den Resten eines gnomischen Beregnungssystems lag, das von Anfang an nicht funktioniert hatte.

Bonifaz sah sich um und ging sofort auf seinen zerknirschten Neffen los.

»Ist alles bereit, Derek?«

»A-alles?« stammelte der Junge ängstlich.

»Alles, du verzogener, kleiner Trottel! Die Falle an der Furt, die Stute, der Hinterhalt, die Überraschung im Dorf, das –«

»Onk – Fürst Bonifaz, bitte!« flüsterte Derek drängend, wobei er verzweifelt zu Jack hin nickte, der gelassen den Mist auf einen Haufen am Ende des Gartens kippte. Der Gärtner wischte sich die Hände ab und schob sich vorsichtig durch ein Blumenmeer, um sich dann hinzuknien und die grüne Knospe einer grünen Rose zu untersuchen.

»Vergiß ihn!« befahl der Ritter mit drohender, aber gesenkter Stimme. »Das ist bloß ein einfältiger Diener, aber vielleicht hätte selbst *er* die Überraschung für diesen Trottel von Feuerklinge besser vorbereiten können.«

»Sorgt Euch nicht, Sir«, erwiderte Derek kalt und würdevoll, obwohl er sich ärgerte. »Bei Paladin und allen Göttern des Guten, seid gewiß, daß alles, was Ihr für Sturm Feuerklinge geplant habt, an Ort und Stelle ist und nur auf seine … seine *ehrenvolle* Ankunft wartet.«

Bei diesen Worten entspannte sich der mächtige Schwertritter von Solamnia und ließ seinen Knappen los. Mit neugierigem Lächeln betrachtete er den Jungen vor sich.

»Das sind merkwürdige Götter für deinen Eid, Derek Kronenhüter. Wirklich merkwürdige Götter.«

Sturm staunte, wie der grüne Strang dem Weg folgte, auf den er sich vorbereitet hatte.

Durch die Flügel des Habbakuk senkte er sich hinunter, grenzte an den Hartwald, das kleine Dickicht, das neben Nadelbäumen und Ahorn die einzigen Vallenholzbäume in den

Vingaard-Vorbergen beherbergte, verlief dann glitzernd nach Süden, wo ihn der Morgennebel verdeckte, wo er aber zweifelsohne zum Fluß führen mußte und dann weiter in die Provinzen von Lemisch und ins Herz jenes geplagten Landes, wo der Südliche Finsterwald lag.

Obwohl ihm der grüne Mann den Weg zeigte, konnte man auf der Solamnischen Ebene nicht mehr sicher reisen, denn seit den großen Zeitaltern von Helden wie Vinas Solamnus, Bedal Blitzklinge und Huma Drachentöter hatten sich die Zeiten geändert. Damals war das Land noch rechtschaffen gewesen, denn starke Lanzen und noch stärkere Überzeugungen hatten es gegen seine Feinde verteidigt.

Jetzt war es beinahe unmöglich, sich diese alten Zeiten auch nur vorzustellen. Das Land hatte sich wütend und gewaltsam gegen die Ritter aufgelehnt. Bauern rebellierten. Nerakanische Räuber machten die Ostgrenzen unsicher, und im Kernland hatten sich angeblich noch dunklere Wesen eingenistet – schnatternde Schuppenwesen, verschlagene Reptilien, die Kinder stahlen und Vieh töteten, die wie ein kalter Wind durch die Dörfer zogen und an Türen rüttelten …

Sturm erschauerte. Vor ihm erstreckte sich die weite Ebene, die nebelverhangen und nur von rostroten Tupfen toter Heide gefleckt war, über die sich wie eine glitzernde Schärpe der grüne Pfad zog. Es war eine eintönige, herbe Landschaft, wo er sich schnell für Tage verirren konnte, wenn er nicht achtgab. Es war hier so seltsam still, als hätte der Wind keine Stimme.

Luin wieherte fröhlich unter ihm und blieb stehen, um auf Vertumnus‘ hellem Weg zu grasen. Sturm drehte sich im Sattel um und sah ins Vingaard-Gebirge zurück, wo der hohe Turm des Oberklerikers in der Sonne glänzte. Obwohl der Rückweg nur knapp drei Stunden dauern würde, schien der Turm so fern, als säße er fest im Herzen eines anderen Zeitalters.

Sturm wandte sich dem grünen Weg wieder zu, der sich vor ihm entlang einer gedachten Reiseroute erstreckte, die ihm plötzlich feindselig erschien. Über den schnell fließenden Vingaard, hinunter in die Hobgoblinhochburgen von Trot – und das alles nur als Vorspiel für den Finsterwald und das, was Vertumnus mit ihm vorhatte.

»Puh, schon der Weg hin könnte mich das Leben kosten«, flüsterte Sturm nervös.

Tatsächlich war der Weg für manche gefährlich gewesen. Es gab zahlreiche, üble Geschichten von den Gefahren auf den Straßen von Solamnia. Zum Beispiel die Karawane aus Kargod, die tagelang vermißt wurde, bis man die rollenden Wagen auf der Straße nach Burg Thelgaard entdeckte. Die Pferde waren noch angeschirrt, doch die Fahrer und die Reisenden waren allesamt verschwunden. Dann war da das Dutzend Pilger aus Kaolyn, die zu den Schreinen von Palanthas wollten. Als Fürst Gunthars Suchtrupp sie entdeckte, waren ihre Körper, die man an den unteren Ästen von Vallenholzbäumen aufgeknüpft hatte, nur noch leere Hüllen.

Sturm rieb sich die Augen und zog sich den Mantel fester um die Schultern. Zweimal war es ihm schon so vorgekommen, als würde ihm jemand folgen, aber wenn er sich umschaute, sah er nur blasses Sonnenlicht, nur den Wind im hohen Gras.

Die Zwerge erzählten noch schlimmere Geschichten, überlegte er. Wie Hobgoblins gelernt hatten, den Schrei eines Menschenkinds nachzuahmen, um weichherzige Opfer zu einem einsamen, tückischen Platz zu locken, wo sie dann im dichten Nebel …

Nebel! Sturm stand senkrecht in den Steigbügeln. Während er vor sich hingesponnen hatte, hatte die Stute auf dem Grasweg angehalten und genüßlich den Pfad vor ihnen vertilgt.

Jetzt erhoben sich unnatürlich blasse Nebelarme wie Geister

überall aus der Ebene. Die Sonne war nur noch schwach zu sehen. Die Luft war weiß, weiter entfernt, wo der aufsteigende Nebel jedes Sonnenlicht verdeckte, nur noch grau.

Sturm lehnte sich nach vorn und blinzelte umher, die Hand am Schwert. Er schnalzte mit der Zunge, damit die verängstigte Luin weiterging. Vorsichtig setzte sie einen Fuß vor den anderen, als würde sie durch einen Sumpf laufen.

Dann erhob sich aus dem Nichts Musik, ein altes Hornstück in Moll. Sturm zog sein Schwert und fuhr im Sattel herum, aber überall war nur Musik und Nebel und sonst nichts. Sofort kam er sich dumm vor, als ob er sein Schwert gezogen hätte, um gegen die Luft zu kämpfen.

»Komm raus, Vertumnus!« murmelte Sturm, dessen Stimme sich vor Ärger hob. »Komm raus aus deinem Nebel und Quatsch und laß es uns beilegen. Schwert gegen Schwert, Ritter gegen Ritter, Mann gegen Mann!«

Aber die Musik ging unaufhörlich weiter. Die Melodie veränderte sich, wiederholte sich und war immer zu erkennen und doch nie dieselbe. Der Nebel begann, zur Musik zu tanzen, bis er in einem irren, wilden Kreistanz herumwirbelte. Jetzt konnte Sturm nicht einmal den Boden sehen. Es war, als würde Luin durch flaches, unbekanntes Wasser waten.

Vorsichtig stieg der Junge ab und ging mit leichten, zaghaften Schritten neben seinem Pferd her. Er konnte das frische Gras nicht mehr fühlen und fragte sich allmählich, ob sich auch der Boden in Nebel aufgelöst hatte.

»Die Burg … ist Burg Vingaard links? Der Sonnenuntergang …«, murmelte Sturm vor sich hin. Jetzt waren Anhaltspunkte nutzlos, falls er sich in dieser teuflisch verwirrenden Musik überhaupt noch an sie erinnern konnte. Die Straße veränderte sich Schritt um Schritt, und er haßte sich dafür, daß er sich jetzt schon verirrt hatte.

Fast eine Stunde lang stapfte Sturm im Nebel umher. Sein Weg war hoffnungslos verworren, und allmählich war er nicht mehr befremdet, sondern voller Furcht.

Ganz plötzlich hörte die Musik auf. Die sich anschließende Stille war wieder reglos und feindselig, als würde die Ebene selbst schweigen, weil sie eine furchtbare Untat erwartete. Sturm merkte, wie das Schwert in seiner Hand zitterte.

Ein paar Minuten später setzte er seine Wanderung noch zögerlicher fort. Der Schrei einer Eule in einer vom Blitz getroffenen Eiche klang wie ein Ruf aus dem Land der Toten, und einmal oder zweimal kam es dem Jungen so vor, als würde in der Nähe ein Baby schreien. Diese Geräusche brachten ihn an den Rand der Panik. Zweimal setzte er den Fuß in den Steigbügel, aber beide Male riß er sich zusammen und besann sich eines Besseren.

»Das fehlte noch!« flüsterte er verstimmt. »Ein böser Sturz vom Pferd in dichtem Nebel! Schlag dir doch den Schädel ein, auf daß du dein letztes bißchen Verstand los bist!«

Als er schließlich befürchtete, daß er schon auf dem Rückweg zum Turm war, beschloß Sturm, anzuhalten und zu warten, bis sich der Nebel hob. »Denn würde Derek Kronenhüter nicht feixen«, fragte er Luin, »wenn ich einfach vor dem Südtor aus dem Nebel laufen würde, und das außer mir vor Entsetzen?«

Er biß die Zähne aufeinander. »Bei Huma!« schwor er. »Lieber sterbe ich, als daß ich diesem Schuft einen solchen Triumph gönne!«

Luin schob dem Jungen ihre lange Schnauze über die Schulter und knabberte gedankenverloren an seinen Haaren.

Gemeinsam warteten die beiden, die alte Stute und ihr junger Reiter. Sie dösten vor sich hin, um nur hin und wieder beim Aufflattern von Wachteln oder dem Zirpen von Eichhörnchen in den fernen Bäumen hochzufahren. Schließlich kam der Abend, und das Land um sie herum beruhigte sich.

Sturm schreckte aus dem Schlaf auf. Einen Augenblick lang dachte er, er wäre wieder im Turm des Oberklerikers, sicher in den Knappenquartieren. Aber er steckte in Rüstung und Mantel und lag auf freiem Feld. Er drehte sich um und zwinkerte traumverloren, doch ihm fiel sofort ein, wo er sich befand.

»Luin!« flüsterte er. Das Pferd hatte sich nur ein Stück von ihm entfernt. Durch die Dunkelheit des frühen Morgens hörte er es schnauben und dahintrotten. Mühsam richtete Sturm sich auf, denn der Brustharnisch seines Vaters war sperrig und schwer auszubalancieren. Nach einem letzten Taumeln stand der Junge gerade und marschierte in die Richtung des Geräuschs.

Plötzlich gab es ein leichtes Rascheln im Wind, ein Geräusch, an das er sich Jahre später in den Ruinen von Xak Tsaroth sofort erinnern würde. Zuerst dachte er, es wäre ein Sturm, der durch die Blätter rauschte, aber die Luft war unbewegt. Sturm dachte an Vertumnus, an den ungewöhnlichen Wetterumschwung …

Er geriet ins Stolpern, als ein heißer Windhauch über ihn hinwegstrich, der nach Schwefel, Asche und Zorn roch. Zuerst war es, als würde die Ebene brennen, als stünde der Nebel ringsumher in Flammen. Er hustete heftig.

Sturm drehte sich um sich selbst, während er verzweifelt nach Luin pfiff. Ruhig tauchte die Stute aus dem Nebel und den Rauchschwaden auf und blieb nur stehen, um faul nach einem niedrigen Kleebüschel zu schnappen. Er sprang neben sie und stieg auf …

Und stand noch in dem einen Steigbügel, als Luin im durchdringenden Gestank etwas witterte, etwas viel Entsetzlicheres.

Auf der Stelle trat sie wie hysterisch aus und galoppierte in den Nebel.

Sturm klammerte sich an den Zügeln fest. Sein Fuß hatte sich im Steigbügel verfangen. Vergeblich versuchte er, sich im Sattel zurechtzusetzen, doch Luins wilde, kopflose Flucht durch den Nebel trug die beiden durch unwegsames Gelände, und er konnte sich gerade auf ihr halten. Hinter ihm ließ das raschelnde Geräusch nach, um dann noch viel lauter wieder loszugehen. So etwas hatte der Junge noch nie gehört. Er dachte an Zyklone, an den heftigen Wind aus Aferia, der durch die Bergpässe pfeift und alles dem Erdboden gleichmacht, wenn er in die Ebene rast. Luin rannte schneller, bis ihr braunes Fell vor Schweiß naß war, aber immer noch kam der gewaltige Lärm näher, wurde lauter, schneller und drängender.

Sturm wollte nach seinem Schwert greifen, um sich dem zu stellen, was Vertumnus ihm hinterhergeschickt hatte – was auch immer es sein mochte. Aber Luin jagte weiter wie der Wind über die Solamnische Ebene. Wenn er die Hand von den Zügeln nahm, würde er riskieren, sich den Hals zu brechen oder auf dem harten Untergrund zu Tode geschleift zu werden. Also hielt er sich fest und schwang einmal, zweimal, ein drittes Mal sein Bein über den Sattel, doch die Geschwindigkeit des Pferdes und das Gewicht der Rüstung ließen ihn weiter baumeln und kämpfen. Der Nebel hinter ihm begann bedrohlich blutrot zu glühen, und inmitten des Lichts schoß eine riesige, dunkle Gestalt mit ledrigen Fledermausflügeln auf sie zu, während die Luft immer heißer wurde, bis die Hitze unerträglich war.

Da plötzlich kehrte unerwartet die Musik zurück. Der Nebel schloß sich um sie, und das Licht verschwand und nahm Getöse und Hitze mit sich. Hustend, keuchend und halb im Sattel hängend, sah Sturm zu, wie sich der Nebel auftat und die bedrohliche, ledrige Gestalt seines Verfolgers verschluckte. Die Hitze und das Gebrüll ebbten ab.

Und die Musik echote von den Felsen um sich herum. Diesmal eine andere Melodie – ein schneller, witziger Tanz, der so mitreißend war, daß die Nachtigallen, die in den dunklen Nischen der Eichen und Vallenholzbäume versteckt saßen, trillernd zu antworten begannen. Luin fiel langsam in Trab, dann in Schritt, und der ausgepumpte, erschütterte Sturm konnte sich endlich auf ihren Rücken setzen.

»Bei Branchala, das war vielleicht was!« murmelte der junge Mann. Er sah sich um, als der Nebel zerstob und wie Regen in den harten, kargen Boden sank. Über ihm tauchten die Sterne des solamnischen Nachthimmels auf – erst die Monde, dann der helle Sirion und Reorx. Nach ihnen geschätzt war er meilenweit südlich von seinem Ausgangspunkt.

»Was ... was *war* das, Luin?« fragte er. »Und ... wo *sind* wir?«

Der Nebel hatte sich jetzt aufgelöst, so daß Sturm weit über die flache Ebene sehen konnte. Weiter westlich lag ein Dorf, dessen schwache Lichter in die klare Winternacht blinzelten. Es war eine einladende Vorstellung – ein warmes Dach für die Zeit bis Sonnenaufgang.

Aber Sturm kannte die Bauern und wußte, welch beständigen Haß sie gegen den Orden hegten. Welches Dorf es auch war, wie freundlich die Lichter auch winkten, Eisvogel, Krone und Rose waren in den Häusern gewiß nicht willkommen.

Seufzend wendete der Junge seinen Blick gen Osten, wo im schwachen Licht des Sonnenaufgangs und im schwindenden weißen Schein von Solinari die zwei Türme einer großen Burg am Horizont aufragten. Es war zwar sicher nicht Schloß Feuerklinge, aber immerhin ein Schloß, und in dieser Gegend gewährte ein Schloß denen vom Eid und vom Maßstab Zuflucht.

Gemächlich lenkte Sturm sein Pferd nach Osten zu den Türmen, die wie Nebel vor ihm aus dem Boden zu ragen schienen. Es dämmerte bereits, als die Wehrgänge sichtbar wurden, und im schwachen Grau des ersten Sonnenlichts konnte er das verblaßte Wappen des Schlosses ausmachen, das auf einem gewaltigen Schild über dem Westtor prangte.

Das Wappen war verwittert, die Farbe leicht abgebröckelt, doch Sturm kannte seine eigene Familiengeschichte gut genug, um die Linien zu erkennen: Hellrote Blume auf weißer Wolke vor blauem Grund.

»Di Caela!« hauchte Sturm. »Die Heimat meiner Großmutter! Wir sind weit nach Süden abgekommen, meine liebe Luin. Aber irgendwie sind wir wohl zu Hause.«

Das Pferd schnaubte wieder angesichts der Aussicht auf einen Stall. Langsam verfiel es in Trab, dann in einen leichten Galopp, und mit verdoppelter Energie trug es Sturm Feuerklinge zu den verwitterten Toren seiner Ahnen.

Kapitel 6

Im Finsterwald

Tief im Südlichen Finsterwald lag in einer Hängematte aus Weinranken und Blättern der Herr der Wildnis. Er schloß die Augen und setzte die Flöte ab. Das Licht um ihn her war grün und bernsteinfarben, als wäre der Wald aus dunklem, gewölbtem Glas.

Die Hängematte baumelte zwischen zwei alten Eichen über den Grundmauern einer noch älteren Ruine. Moosbedeckte Steine sprenkelten die Lichtung wie abgenutzte Zähne; es waren die Grundmauern eines kleinen Gebäudes, vielleicht einer kleinen Burg oder einem Kloster, das ohne Zweifel bereits im Zeitalter der Macht verlassen und dem Verfall anheim gegeben worden war.

Vertumnus' Augen öffneten sich plötzlich. Über ihm in den Zweigen der alten Eiche hockten zwei Dryaden, die ihn erstaunt anstarrten.

»Du hättest ihn töten können!« zischte die kleinere der beiden, deren schwarzes Haar zu einer langen Schlinge geknotet war. Ihre Stimme klang voll und boshaft, wie der Wind, der in tote Blätter fährt.

Vertumnus antwortete nicht. Langsam faltete er die Hände über seiner Brust, und einen Augenblick sah er aus wie die Statue eines aufgebahrten Königs, still und königlich und undurchschaubar. Die Dryaden über ihm rutschten unruhig herum, und die Große krabbelte so geschickt wie eine Spinne im Netz am Rand der Hängematte entlang, bis sie neben dem grünen Mann ruhte und sich an ihn kuscheln konnte. Sie vergrub ihr Gesicht im grünen Dickicht seines Barts.

»Ich weiß, du willst ihn nicht töten«, flüsterte sie verführerisch. Ihre Stimme klang wie Flötentöne, und ihre Berührung war leicht wie das Flattern eines Flügels. »Und uns ist das egal. Aber hänsel ihn und verwirr ihn und schick ihn ganz konfus zurück zu seinen eidtreuen Brüdern. *Tu* es! Tu es *jetzt*!«

Vertumnus lachte, und der Wind pfiff durch sein Lachen.

»Ihr seid so blutrünstig wie Klesche, euer ganzer eichenbewohnender Haufen«, grollte er. »Und so dumm und stur wie Elstern.«

Blätter raschelten, als er die Dryaden fortschickte.

»Fort mit euch! Es ist Morgen und damit Zeit für mich zu schlafen.«

Er streckte sich, und die Dryade an seiner Seite krabbelte von der Hängematte hinunter auf die trockenen Blätter des

Waldbodens. Sie zog einen Schmollmund und starrte den grünen Kerl an, der in den Zweigen über ihr eindöste und dessen Stimme voll fremdartigem Zauber war.

»Du bist keiner von uns«, klagte sie ihn an. »Noch nicht. Und keiner mehr von ihnen, auch wenn du dich vielleicht nach den Tagen von einst sehnst.«

Vertumnus lachte nur und drehte sich in der Hängematte um. Er schüttelte den Kopf, so daß Eicheln durch die verknüpften Schlingpflanzen regneten, und einen Moment lang schimmerte die Luft von tausend wirbelnden Flügelchen. Mit glitzernden, schwarzen Augen und warmem, aber unlesbarem Blick sah er belustigt die Dryade an.

»Wer bist du, kleine Evanthe, daß du sagen willst, wonach ich mich sehne und was ich mir wünsche?«

Irgendwo aus den dicken, ausladenden Lärchenzweigen flog eine große Eule mit einem Zweig mit knallblauen Beeren im Schnabel herunter. Sie setzte sich auf die Befestigung der Hängematte. Vertumnus zwinkerte der Eule zu und warf noch einen ironischen Blick auf die eingeschnappten Nymphen unter sich.

»Und jetzt«, gähnte er, »trollt euch in eine Eiche, damit meine Freundin und ich schlafen können, denn wir wollen die weisen Träume der Nachtschwärmer träumen.« Vertumnus zog eine Augenbraue hoch, drehte sich zu der Eule um und winkte den Nymphen noch einmal – diesmal ungeduldiger.

Die verärgerten Dryaden glitten mitten in den Wald, wobei sie sich noch zweimal nach diesem unbeeinflußbaren, grünen Mysterium ihrer Heimat umsahen.

»Du wirst *nie* einer von uns sein!« schrie die kleinere spöttisch. »Auch wenn du grün wie ein Schößling bist, wie ein Sommerlauch, wirst du nie wie wir sein, Herr der Wildnis!« Dann verschwanden die beiden im Dämmerlicht des Waldes.

Vertumnus lächelte und schloß die Augen.

»Diona«, flüsterte er, während er die Flöte an die Lippen setzte, »du hast keine Ahnung, wie wenig mir das ausmacht.«

Heiter blickte der grüne Mann in das dunkle Dach des Waldes hinein. Er setzte die Flöte an, nahm sie jedoch wieder runter, um zuerst ein paar beruhigende Worte an die Eule zu richten. Seine Stimme klang wie Pfeifen und leises Heulen und wie das Streichen des Windes durch die höchsten Äste, und dann machte der große Vogel es sich im flutenden Dickicht seiner Haare bequem. Vertumnus setzte die Flöte wieder an, woraufhin die anderen aus den Schatten kamen: Nachtigall und Falke, Elch und Eichhorn und Fledermaus und ein bernsteinäugiger Luchs.

Langsam begann der Herr der Wildnis mit der gemessenen, neunten Weise, die die Barden das Lied des Branchala nennen. Die überraschte Eule schlug mit den Flügeln, als in der Hängematte des Mannes neue Blätter sprossen. Obwohl Welt und Wetter um ihn her noch im zähen Griff des Winters hingen, war plötzlich Hochsommer.

Vertumnus spielte, bis Blumen um ihn her aufkeimten und blühten und ihre dünnen, hohlen Stengel durch seinen Bart und sein Haar schoben. Rasch wechselte er zur zehnten Weise, dem heiteren, lispelnden Lied von Mater, und in der Luft wehten süße Düfte. Auf den Zweigen über ihm nickten die Singvögel, die von den lieblichen Düften verführt wurden, und begannen allmählich mitzusingen – wie in dem Nebel auf der Solamnischen Ebene.

Die Augen des grünen Mannes blitzten vor Vergnügen. Denn als nächstes kam die elfte Weise, das Solinarische, das Lied vom Weißen Mond, der die Visionen schenkt. In ganz Ansalon spitzten sich die Ohren, sah man in die Luft, wenn leise und fast unmerklich die Töne aus dem Südlichen Finsterwald in die Welt hineinklangen.

Behende tanzten die grünen Finger über den Leib der Flöte, den man kaum noch sah, als die Musik schneller wurde. Vertumnus blickte zu dem grauen Fleck Morgenhimmel über sich auf, den man durch das schleierhafte Netz der Zweige sehen konnte, und sah zu, wie er langsam vom weißen Gesicht Solinaris ausgefüllt wurde.

Die Augen von Vertumnus blitzten auf. Der Tanz begann. Jetzt verdunkelten die Zweige nicht länger den Himmel, denn im Bann der Musik und des Lichts schienen sie zu einem Narbengewirr auf der Haut eines grandiosen Mondes zu schrumpfen.

Die schimmernde Oberfläche des Kreises wurde grün, während Vertumnus spielte, weil sie von einem fernen Himmelssturm verdeckt wurde. Die Wolken wirbelten und brodelten schweigend, bis aus ihrer Mitte Bilder erwuchsen, die die Oberfläche des Mondes bevölkerten.

Es war wie ein Wunder, wie eine Szene, die lebendiger war als eine Erinnerung, aber weniger lebendig als ein Anblick. Über die Oberfläche von Solinari trotteten ein Dutzend Zwerge von einem unsichtbaren Fels zum nächsten.

Vertumnus verdrehte die Augen und spielte weiter.

Zwei von den Zwergen unterbrachen ihren geisterhaften Weg, wodurch ihre Schatten auf die Lippe des Mondes fielen. Sie sahen sich an, schnüffelten und schüttelten verwirrt den Kopf, als wollten sie etwas aus dem Ohr bekommen.

Vertumnus lächelte, ohne seine Lippen vom Mundstück der Flöte zu nehmen. So war es immer: Die Musik erreichte sie wie ein störender Gedanke, etwas Flüchtiges, an das sie sich nicht mehr erinnern würden, sobald sie es nicht mehr hörten. Aber das Lied von Solinari war ein Lied der Veränderung. Wer es hörte, wurde von der Musik verändert – jedenfalls wenn er zuhörte. Mancher veränderte sich kaum merklich, mancher von Grund auf, aber jeder, der Ohren hatte zu hören, wurde irgendwo im tiefsten Inneren seines Herzens berührt, und die Musik würde ihn nie mehr loslassen.

Die Zwerge verschwanden so rasch, wie sie aus den Wolken vor dem Mond aufgestiegen waren, und an ihrer Stelle ritten drei Ritter vorbei, die sich gegen den scharfen Winterwind einen Schal vor das Gesicht gebunden hatten.

Einer von ihnen trug keine Kopfbedeckung. Seine dunklen Haare waren von Grau durchzogen. Er zügelte sein Pferd an einem schneebedeckten Lärchenwäldchen. Halb versteckt im Schatten der Nadelbäume und im unsteten Licht des Mondes wandte er sein Gesicht dem Himmel zu, um konzentriert der Musik zu lauschen.

Etwas an seiner Art wirkte vertraut ... doch, vertraut ...

Aber bevor Vertumnus genauer hinsehen konnte, war er im grünen Tumult von Wolken vor dem Mond verschwunden. Da setzte Vertumnus die Flöte ab, und plötzlich war es, als wäre ein Wind über die Oberfläche von Solinari gefegt, so silbern blitzte der Mond auf ...

Dann begann er plötzlich und übergangslos abzunehmen.

Vertumnus schüttelte traurig den Kopf, wobei seine langen, grünen Locken vor Tau trieften. Jetzt mußte er den Jungen wiederfinden, bevor der Mond zum Halbmond und zur Sichel wurde und dann ganz in die Dunkelheit abtauchte. Er mußte den finden, der ihn bis zum ersten Frühlingstag beschäftigen würde. Kurz und lustig spielte er einen einfachen Tanz aus der neunten Weise, so einfach, daß kaum Zauberei daran war. Die Dryaden, die das Lied in ihrem Bau tief im Wald gehört hatten, kamen aus den Bäumen zu ihm und zogen Eichenblätter und ein seltsames, silbernes Licht hinter sich her.

»Es gibt viel interessantere Tänzer, Vertumnus«, drängte Diona.

»Einer von den Rittern«, meinte Evanthe abwertend. »Selbst ein paar Zwerge wären unterhaltsamer.«

Vertumnus spielte, als ob er sie nicht hörte. Sturm sah vielleicht wirklich wenig vielversprechend aus, ein einzelner, phantasieloser, junger Mann, der von Brauchtum und Sitte gebunden war. Was die Nymphen nicht wußten, war, wie sehr dieser Feuerklinge ihn beschäftigte – wie der Zwischenfall beim Julfest Vertumnus monatelang aufgestört hatte. Es war Zeit, daß der Junge eine schwierige Lektion lernte, über Blut und Geduld und über den Betrug, der im Herzen seines geliebten Ordens schimmerte. Da er keinen Vater mehr hatte, hatte Vertumnus es übernommen, ihn das zu lehren.

Evanthe hatte vorhin recht gehabt. Vertumnus hätte Sturm Feuerklinge einmal, zweimal, vielleicht viele Male töten können. Denn das dunkle Wesen, das dem Jungen auf der nebelverhangenen Ebene gefolgt war, das keinem Menschen und nur wenigen Göttern gehorchte, tanzte nach der Musik von Vertumnus. Es hatte sich dem Jungen genähert, hatte ihn fast überwältigt, doch im letzten Moment hatte der grüne Mann es nach Norden gerufen, nach Kalaman und in die Bucht dahinter.

Es war zu früh für dunkle Wesen, zu früh, um den Jungen so schwer zu prüfen. Es würden noch genug Gefahren auf ihn zukommen, vielleicht auch der Tod. Aber jetzt noch nicht, denn der Tanz hatte erst begonnen. Und bis zum Frühling waren es noch vierzehn Tage.

Im Nebel und im Mondlicht suchte Vertumnus rasch nach Feuerklinge. Wie ein Wind wehte die Musik über die Ebene, kreiste über Burg Vingaard, bis Burg Thelgaard den großen Fluß hinunter und suchte ganz Solamnia ab, bis …

Bei den letzten, feierlichen Tönen der Melodie löste sich der Nebel vor einer alten, verlassenen Burgruine auf. Vertumnus' dunkle Augen wurden groß.

Die Dryaden tauschten undurchschaubare Blicke aus.

»Da ist er, Evanthe«, flüsterte Vertumnus. Der Rest des Nebels verflog, und da saß Feuerklinge unsicher auf seinem ausgepumpten Pferd. Verängstigt vom Nebel, vom Feuer und von dem halsbrecherischen Ritt wirkte er geschrumpft und klein in der grotesken Rüstung von Solamnia.

»Geradezu mitleiderregend«, sagte Diona, deren dunkle Hand auf der Schulter des grünen Mannes lag.

»Für mich nicht«, antwortete Vertumnus, in dessen Stimme ein letzter Hauch Winter lag. »Meine Zweige kennen kein Erbarmen.«

So sahen er und die Eule und die Dryaden zu, wie der Junge durch die baufälligen Tore von Kastell di Caela ritt.

»Du kennst diesen Ort, Herr der Wildnis?« flüsterte Evanthe dem grünen Mann neckisch ins Ohr. Vertumnus lächelte, antwortete aber nicht.

Sturm stieg ab und führte die Stute über die bemoosten Steine des Hofs, an Ställen und verfallenen Häusern vorbei, zu den Mahagonitüren der eigentlichen Burg. Sie waren verwittert, aber noch intakt. Mit einiger Kraft gelang es dem Jungen, die Tür aufzustoßen.

»Ist stark, dein Tänzer!« spottete Diona. Vertumnus legte seinen langen, grünen Finger an ihre Lippen, und die Dryade wich zurück.

Jetzt ging der Junge hinein, und das Mittagslicht erhellte kurz die Dunkelheit der Burg.

»Jetzt ist er in der großen Halle«, murmelte Vertumnus, »mit den Wandbehängen, den goldenen Vögeln und dem Marmorgeländer.«

»Erzähl uns davon«, flüsterte Evanthe. »Erzähl, Vertumnus.«

Der Herr der Wildnis schloß die Augen und hob die Flöte an

die Lippen. Etwas Heiteres, vielleicht mit ein bißchen mehr Zauber, oder etwas durchdringend Helles …

»Vertumnus! Sieh!« zischte Diona. Er schlug die Augen auf, als eine schattenhafte Gestalt wie ein unerwünschtes Gespenst in einem Traum über den fernen Hof lief. Der Mann, der Mantel und Kapuze trug, huschte von Schatten zu Schatten und drückte sich an den Mauern entlang. Er kam an die große Mahagonitür der Burg, legte die Hand daran …

… und schlug sie plötzlich mit Gewalt zu, um sie dann mit einem Dolch zu verschließen. So schnell, wie sie gekommen war, schlüpfte die Gestalt wieder davon, und aus der Burg kam ein gedämpftes Geräusch, als der Junge verzweifelt und hilflos gegen die verschlossene Tür schlug.

Vertumnus legte sich wieder in die Hängematte. Seine Flöte schwieg, als seine Finger ziellos darüber tanzten.

»Dieser Mann«, überlegte er, »der mit der Kapuze …«

Mit erfreutem Lächeln drehte er sich zu Evanthe um.

»Ich kenne ihn! Ich habe seinen Gang erkannt, seine Bewegungen.«

Lachend wuschelte er den Dryaden durch die Haare und scheuchte sie spielerisch aus der Hängematte.

»Geht zur Fürstin, Evanthe! Diona! Sagt ihr, der Tanz ist noch viel interessanter geworden!«

Und als die Nymphen durch den dichten immergrünen Wald davonliefen, sprang Vertumnus aus der Hängematte und schüttelte den Nebel aus seinen langen, grünen Locken. Er steckte die Flöte in den Gürtel und kletterte vom Baum. Eine lange Reise lag vor ihm, aber sie war kurz im Vergleich zu der Straße, die er vor sechs Jahren betreten hatte.

»Bonifaz!« flüsterte er. »Bei allen Glücks- und Unglückssternen, Fürst Bonifaz Kronenhüter von Nebelhafen! Er führt etwas im Schilde. Jetzt wird die Musik schneller.«

Bonifaz wandte sich von der Burgtür ab und schüttelte den Kopf, um das komische Summen aus den Ohren zu verbannen.

Jetzt war er zufrieden. Äußerst zufrieden. Denn jetzt war der neugierige Junge im Turm eingesperrt.

Es hatte ihm alles an Reitkunst abverlangt, um vor Sturm Feuerklinge in der Burg anzukommen. Er war in den dunklen Ställen abgestiegen und über den Hof gehuscht. Es war ihm gerade so eben gelungen, alle Türen der Burg zu verschließen, damit der Junge, wenn er erst einmal drinnen war, unmöglich wieder herauskam. Im ganzen Erdgeschoß des tausend Jahre alten Turms waren die Türen nicht mehr zu öffnen. Und allein die Höhe der oberen Fenster verhinderte ein Herauskommen durch sie.

Bonifaz seufzte, während er Luin zu einem Trog mit Regenwasser führte, aus dem die kleine Stute geräuschvoll trank. Das Schlürfen der Stute überdeckte das Hämmern und Rufen an der dicken Tür und das unnatürliche Mückengesumm in der Winterluft.

Es war keine besonders angenehme Aufgabe, Jungen in Türme einzusperren. Höchstwahrscheinlich würde Sturm verhungern, und selbst wenn er mit viel Glück entkommen konnte, würde er lange genug von seiner Verabredung im Wald abgehalten werden, damit seine Ehre – wie hatte es der grüne Mann ausgedrückt? – »für immer dahin« war.

Deswegen war es aber nötig geworden, sagte sich Bonifaz, als er Luin zu dem dunklen Stall führte. Es war nötig geworden, weil Sturm durch sein Fragen nach seinem Vater womöglich die Wahrheit über die Belagerung von Schloß Feuerklinge herausbekommen hätte.

Er war zu jung, um jene Wahrheit zu verstehen, wie Angriff das Leben des Ordens bedroht hatte.

Bonifaz lehnte seine Stirn an die warme Flanke des Pferdes, während er sich erinnerte. Er erinnerte sich, wie Angriff voller Visionen aus Neraka zurückgekehrt war, seine Seele zutiefst in Gefahr. Sofort war allen die Veränderung an dem Mann aufgefallen, wie seine Schwertkunst erblüht war, wie er erfahrener, kühner und einfallsreicher geworden war. Damals hatten sie ihn Feuerklinge getauft.

Irgendwie hatte es sie etwas, hm, verunsichert. Schließlich war Angriff damals frisch verheiratet gewesen und sein Vater, Lord Emelin, erst vor kurzem zu Huma gegangen. Die Obhut für Schloß Feuerklinge war an Angriff gefallen. Man hätte einfach gedacht, daß er, hm, traditionsbewußter wäre.

Bonifaz zuckte mit den Achseln und lehnte sich an die Tränke.

Angriff war allen ein Rätsel gewesen. Ein ewiges Rätsel. Wie damals im Garten kurz nach seiner Rückkehr, als die beiden einen engen, blumengesäumten Weg entlangspaziert waren, Bonifaz ein Stück hinter ihm, und die Luft erfüllt vom Gezirpe der Finken und Sperlinge.

Bonifaz war um einen Busch getreten und hatte gesehen, wie sein Freund sich gebückt und mit dem Handschuh vorsichtig die Blütenblätter einer silbriggrünen Rose berührt hatte. Es war, als wäre Angriff, hm, einen Moment *abwesend* gewesen, als hätte in der Blume etwas verborgen gelegen, an das er sich verzweifelt erinnern wollte.

Bonifaz hatte dagestanden, während sein Freund in Gedanken von ungewöhnlicher Zartheit versunken war und die Maisonne durch die Blätter der Kalvineiche fiel, so daß sie alle – Ritter, Pfad und Silberblume – in ein eigenartiges Grün getaucht waren. Das war kaum ein Ort für verquere Gedanken gewesen.

Aber Bonifaz hatte, wenn auch halb unbewußt und rein taktisch, gedacht, daß das ein passender Platz für einen Hinterhalt wäre.

Er war erschauert und hatte den dunklen Gedanken abgeschüttelt.

Wenn Bonifaz jetzt daran dachte, lächelte er. Er war wirklich sehr jung gewesen, an jenem Tag im Garten.

Dennoch waren seine Gedanken wieder abgeschweift, zu der Rose, die Fürst Angriff in der Hand hielt und zu anderen, freundlicheren Gedanken. Aber plötzlich hatte Angriff das Schwert gezogen und sich aufgerichtet. Er hatte um eine Wegbiegung gesehen unter einen Nadelstrauch,war herumgewirbelt und zu dem wunderschönen Eisenpavillon auf der Terrasse in der Mitte des Gartens gelaufen. Seine Schritte hatten unsicher und abgelenkt gewirkt. Dann hatte er sich an den verschnörkelten Eingang des kleinen Bauwerks gelehnt, als hätte ihn unvermittelt eine seltsame Krankheit befallen.

Da hatte Bonifaz die Diener gerufen, weil er glaubte, er würde Hilfe brauchen, um Angriff zur Krankenstation zu tragen.

Die Diener waren sofort angelaufen gekommen, doch bis dahin hatte sich Angriff wieder gefangen und war ganz bei sich gewesen. Er hatte Bonifaz' stützende Hand zur Seite geschoben und den Männern befohlen, den Garten zu durchsuchen. Die waren bald zurückgekommen, um den Rittern zu versichern, daß das Gelände sicher sei.

Dann hatte Angriff sich erschöpft zu ihm umgedreht.

»Tut mir leid wegen dieses unwürdigen Auftritts, Bonano«, hatte er gesagt. Bonifaz haßte den Kosenamen seiner Kindheit. »Aber als ich mich bückte, um diese Silberrose zu bewundern, da überfiel mich plötzlich eine Veränderung in den … Energien des Gartens. Das ist es, was man in Neraka lernt, angesichts der Räuber mit ihren Schwertern. Da müssen Herz und Schwertarm lernen, die Absichten der Feinde zu spüren. Ich habe es jetzt hier im Garten gespürt«, hatte er gesagt. »Und ich habe nur dich gesehen. Nicht einmal ein Eichhörnchen oder einen Hund.«

Angriff hatte gegrinst und sich müde die dunklen Haare zurückgestrichen. »Ich bin wohl erschöpfter, als ich dachte«, hatte er schließlich eingeräumt.

Dieser Augenblick war für Bonifaz wichtiger als alle Aufsässigkeiten, alle Respektlosigkeit beim Turnier oder bei den Ratssitzungen gewesen. Im Laufe der Jahre war er in der Erinnerung immer eindrucksvoller geworden. Das hatte Angriffs Zukunft für Bonifaz besiegelt. Darum mußten die Feuerklinges für immer verschwinden.

Und darum mußte logischerweise auch der Junge verschwinden.

Kapitel 7

Kastell di Caela

Sturm saß im Halbdunkel und rieb sich seine geschundene Schulter.

Er erlebte das Schauermärchen, mit dem man Kinder einschüchtert, um sie von Ruinen und dunklen Kellern fernzuhalten. Sturm hatte sich in die Burg hineingewagt, und irgend jemand – wahrscheinlich Vertumnus, denn eine andere Erklärung gab es nicht – hatte hinter ihm die Tür fest verschlossen. Und dann war die Tür natürlich weder durch Tricks noch mit Gewalt wieder aufzubekommen gewesen.

Sturm sah sich um. Durch ein einzelnes, hohes Fenster strömte schwaches Licht herein, das die große Eingangshalle der di Caelas davor bewahrte, gänzlich in Finsternis zu versinken. Aber dennoch war die Halle, die in Mahagoni oder einem ähnlich dunklen Holz getäfelt war, bedrückend düster, denn nach sechs Jahren ohne Pflege waren Glanz und Prunk dahin.

Denn Kastell di Caela war im gleichen Jahr wie Schloß Feuerklinge an die Bauern gefallen, damals als Fürst Angriff verschwunden war. Agion Pfadwächter war ein Prahlhans gewesen, aber dennoch ein fähiger Statthalter, der die Ländereien gut verwaltet hatte. Doch als er in den Flügeln des Habbakuk verraten und getötet worden war, hatte er nur eine spärlich gefüllte Vorratskammer und eine kleine Besatzung von zwölf Mann hinterlassen. Diese Garnison war von den Bauern im Spätsommer 326, um Sturms zwölften Geburtstag herum, ausgehungert worden.

»Ausgehungert«, sagte Sturm untröstlich zu sich selbst.

Langsam und unter Schmerzen stand der Junge auf und ging zu der ausgehängten Doppeltür des großen Speisesaals. Die Mahagonitische, einst der Stolz von Generationen von di Caelas und nach ihnen den Blitzklinges, lagen auseinandergeschlagen unter einer dicken Staubschicht da.

Hier ist Großvater Emelin zur Welt gekommen, dachte Sturm. Nur einen Monat früher, und Vater wäre auch hier geboren worden, denn als Großmutter hochschwanger war, brachte der alte Emelin sie nach Norden, nach Schloß Feuerklinge, wo sein Vater Bayard …

So sann der Junge auf einem Stuhl mit hoher Lehne vor sich hin und verfolgte zwischen Staub, Spinnweben und Trümmern seine Geschichte zurück. Hier drin gab es mehr Licht, denn am Lichtgaden befanden sich ein Dutzend Fenster, durch die der Wind hereinwehte und den Staub und die schimmeligen Vorhänge aufstörte. Ein Marmorfries, aus dem die Bauern die Köpfe herausgeschlagen hatten, rahmte den Balkon über der Halle. Wegen des Vandalismus und der anschließenden Vernachlässigung war kaum noch zu erkennen, daß es in sieben gemeißelten Szenen die Geschichte von Huma darstellte.

Sturm setzte sich auf, um das Fries genauer zu betrachten. Er hatte ein Faible für alles, was alt und aus Marmor war und voller Geschichte steckte, und schließlich war diese Arbeit fast tausend Jahre im Besitz der Familie gewesen. Er bewunderte die Weinranken, die herrlich gemeißelten Berge, das schreckliche Abbild von Takhisis, der Mutter der Nacht.

»›Mitten aus dem Nichts‹«, rezitierte Sturm. »›Königin der vielen Farben und doch keiner.‹«

Dann sah er Huma selbst, dessen Gesicht genauso aussah wie seines.

»Bei Paladin«, flüsterte der Junge. »Mein Gesicht auf dem von Huma?« Durch die Splitter ging er näher heran, während er gebannt das beschädigte Fries ansah.

Nein. Er hatte sich geirrt. Humas Kopf hatten sie abgeschlagen, zweifellos bei der Einnahme des Schlosses. Was er gesehen hatte, war nur ein Spiel des Lichtes, ein plötzlicher, unerklärlicher Eindruck.

»Bald wird es dunkel werden«, sagte er zu sich. »Ich sollte weitergehen, solange noch die Sonne durch die Fenster scheint und mich vielleicht herausführen kann.« Tapfer holte er tief Luft und stieg die breite Treppe in die oberen Räume von Kastell di Caela hoch.

Die Gänge waren von Statuen und halb verrosteten künstlichen Vögeln gesäumt.

Sturm hatte von den Kuckucks von Kastell di Caela gehört – daß sein Ururgroßvater, Sir Robert, diese ganzen zirpenden, schwirrenden Kunstwerke gesammelt hatte, von denen keines funktionierte, jedenfalls nie so, wie es sollte, und die jeden Besucher ärgerten und erschreckten. Urgroßmutter Enid hatte die ganzen Apparate im Katzenturm verstaut, dem kleineren der beiden Türmchen, aber Sir Robert und Sir Galen Pfadwächter, ein unberechenbarer Freund von Urgroßvater Bayard, hatten den Vogelpark in seiner ganzen entnervenden Pracht wiederhergestellt, weil sie fest daran glaubten, daß das Piepsen »den kleinen Emelin beruhigen« würde.

Jetzt waren sie alle tot. Robert war ertrunken, als sein Gnomengefährt, das dazu gedacht war, Pferde überflüssig zu machen, die Zugbrücke hinunter in den randvollen Burggraben der di Caelas gejagt war. Urgroßmutter Enid war mit hundertzwölf Jahren ruhig und friedlich entschlafen. Sie hatte so lange gelebt, daß sie noch den kleinen Sturm in der Wiege gesehen hatte. Was aus Sir Bayard und Sir Galen geworden war, wußte keiner. Noch vor der Jahrhundertwende, als beide schon weiße Haare gehabt, an Umfang ordentlich zugelegt und als glückliche Großväter mit ihren Enkeln gespielt hatten, war das ungewöhnliche Duo zu einem neuen Abenteuer nach Karthay aufgebrochen, in die hintersten Winkel des Courrainischen Ozeans. Nur Sir Galens Bruder, ein verrückter Eremit, der mit Vögeln und Grünzeug redete, hatte sie begleitet, und keiner von ihnen war zurückgekehrt.

Sturm betastete den Messingschnabel von einem der komischen Vögel. Der Bronzekopf fiel ihm in die Hand und piepste ein letztes Mal.

Soviel zu den di Caelas und denen, die sich mit ihnen einließen. Es war ein wild wuchernder Zweig der Familie: Sturms Mutter hatte ihn vor diesem Erbe gewarnt und dem Jungen eingeschärft, er müßte immer sein bestes Feuerklinge-Betragen zeigen, sonst würde er noch werden wie sie und Türme hochklettern, um sein Leben mit Katzen und Echsen zu verbringen.

Sturm zog das Schwert aus der Scheide, als er zum helleren Obergeschoß hochstieg, vorbei an den Markierungen der Diener, bis wohin die Geysire von 231 durch die Gänge hochgeschossen waren, um selbst die obersten Stockwerke zu überfluten. Dutzende von Statuen standen hier, noch aus der Zeit vor der Umwälzung, als die Blitzklinges wie die di Caelas in ungewohnter Heldenmanier unter den ersten Rittern an Vinas Solamnus' Seite geschritten waren. Sie alle wachten für immer hier, wenn auch etwas staubig.

Sturm ging an ihnen entlang und staunte. Denn hier stand eine Statue von Lucero di Caela, der als Kommandant in den Ogerkriegen mit gezogenem Schwert in die Schlacht zog. Und da die Statue von Bedal Blitzklinge, der einarmig an einem Paß in Solamnia die Wüstennomaden aufhielt, bis Hilfe kam. Und da sogar Roderich di Caela, der eine Hobgoblininvasion aus Trot niedergeschlagen hatte, aber dabei ums Leben gekommen war.

Und die letzte der Statuen war Bayard Blitzklinge, zweifellos von Lady Enid zum Gedenken an ihren verschollenen Ehemann aufgestellt. Auch er zog sein Schwert und trat vor.

Sturm rieb sich die Augen, weil er nicht glauben konnte, was er plötzlich sah. Was unten in der großen Halle ein bizarrer Fehler gewesen war, war hier in den oberen Bereichen der Burg beunruhigend wahr.

Jeder Held hatte jetzt Sturms Gesicht, bis zu der Narbe am Kinn, die aus seiner Kindheit stammte. Schnell lief er von einem zum anderen und sah sich alle noch einmal an. Diesmal war es kein Lichtspiel. Wieder Vertumnus?

Eine Zeitlang saß er grübelnd an der Statue von Sir Robert di Caela. Es dauerte eine Weile, bis er zu sich kam und sofort aufsprang, denn er wollte sich auf keinen Fall in einem verlassenen Schloß von der Nacht überraschen lassen. Eilig durchschritt er die Räume und Kammern, während mit dem Sonnenlicht auch seine Hoffnung sank. Aus allen Fenstern würde ihn ein Sprung auf das Pflaster des Burghofs tief unten zweifellos umbringen.

Auf seiner verzweifelten Suche nach Spalieren, Wein oder geheimen Treppenschächten nahm Sturm drei Stufen auf einmal, bis er im Sonnenzimmer des obersten Geschosses angelangt war. Das Sonnenzimmer war das geräumige Gemach, in dem unzählige di-Caela-Fürsten und nach ihnen zwei Generationen Blitzklinges Tausende von Nächten verbracht hatten. Als Nachfahre dieser Tradition war Sturm ein bißchen benommen, als er den Raum betrat.

Von hier aus sah seine Lage allerdings höchstens noch hoffnungsloser aus. Über dem Sonnenzimmer waren die Zinnen, doch die einzige Leiter zu der Falltür in der Decke lag in knapp ellenlangen Stücken am Boden. Ja, es gab reichlich Fenster, aus buntem Glas in kräftigen Grünschattierungen, aber die saßen hoch in einem weiteren Lichtgaden, zu dem nicht einmal ein Eichhörnchen hätte hochklettern können.

Mutlos setzte sich Sturm auf das große Himmelbett und wickelte sich in die Überreste der zerrissenen Vorhänge.

»Morgen«, sagte er sich mit schweren Augenlidern in den muffigen, aber warmen Vorhängen. »Es gibt auf jeden Fall einen Keller, aus dem ich … bestimmt …«

Im grünen Abendlicht und den Staubwolken übermannte ihn die Müdigkeit und raubte ihm die Worte. Zwei oder drei Mal nieste er im Schlaf, ohne jedoch aufzuwachen.

Und so verschlief Sturm Feuerklinge seine erste Nacht unterwegs wie ein heruntergekommener Fürst in der Burgruine. Er war gefangen, Flucht schien aussichtslos, und er war so müde, daß er friedlich schlief, bis die Morgensonne durch die Falltür zu den Zinnen zu sehen war.

Der nächste Tag brachte allerdings nichts Besseres. Die Kellerschlösser waren einfach zu knacken, aber alle Gänge oder Tunnel, die einst aus dem Keller herausgeführt haben mochten, waren versperrt. Sturm vermutete, daß dasselbe Erdbeben, das das Wasser bis in die oberen Stockwerke gedrückt hatte, auch die unteren Bereiche des Kastells versiegelt hatte. Trübselig wühlte er auf der Suche nach Geheimtüren, verborgenen Gängen und etwas Eßbarem zwischen leeren Fässern, Flaschen und Weinregalen. Rot vor Zorn und Anstrengung lehnte er sich an die feuchte Wand.

»Wenn ich je den Herrn der Wildnis treffe oder den, der mich hier eingesperrt hat«, fluchte er, während er mit den Fäusten auf die festgestampfte Erde des Kellerbodens trommelte, »dann wird er mir das teuer bezahlen! Ich werde … ich werde … ach, ich werde einfach *etwas* tun, und zwar etwas *Schreckliches*!«

Er schloß die Augen und seufzte, denn er kam sich dumm und hilflos vor. Er war kein würdiger Nachfahre von Rittern. Bevor er sich bitter rächen konnte, bevor er den Schurken in die Enge treiben und gnadenlose, solamnische Gerechtigkeit üben konnte, mußte er einen Weg aus dem Haus seines Großvaters finden.

Am Nachmittag sah es um nichts besser aus. Sturm durchwanderte die Gänge des Kastells und wurde mehr und mehr mit ihnen vertraut.

Langsam wich sein Ärger dem Hunger und der Angst. Der Burgbrunnen und die Zisterne im Sonnenzimmer lieferten ein bißchen Wasser, aber offenbar konnte man in einem Schloß ebenso leicht verhungern wie in der Wildnis oder in der Wüste. In dieser Nacht hielt ihn der Hunger wach, und er schlief so unruhig, daß er beim Erwachen nicht viel ausgeruhter war als beim Einschlafen.

Schlapp und müde landete er am Vormittag wieder in dem Gang mit den Statuen, dessen Geschichtsträchtigkeit ihn anzog.Er ging mit wachsender Benommenheit den ganzen Gang entlang, von einer Marmorgeneration zur nächsten, bis er die Statue von Robert di Caela erreichte, der in der gleichen kriegerischen Pose festgehalten war wie seine Vorfahren und Nachkommen. Der Kopf saß merkwürdig schief, als ob der Bildhauer versucht hätte, das Exzentrische an seinem Modell durch ein etwas seltsames Werk zu erhalten.

Seufzend lehnte sich der Junge an den staubigen Marmor und ließ sich zu Boden rutschen. Und so saß Sturm Feuerklinge zwischen den Statuen, die eine ganze Schar seiner Vorfahren verewigten, und lachte aus vollem Herzen – über seine eigene Unbeholfenheit und seine unzureichende Vorbereitung auf das, was noch vor ihm lag. Kichernd stand er auf, sprang auf das Podest und drehte am Kopf der Statue, um Sir Robert wenigstens einmal in seiner bunten Geschichte geradezurücken.

Lachend zog er an dem Marmorkopf, zog lachend noch einmal, und sein Lachen hallte durch den höhlenartigen Gang, während das Sonnenlicht um ihn her verschwamm. Ihm war so schwindelig vor Hunger und Schwäche, daß er nicht einmal merkte, wie die Statue ins Wanken geriet, kippte und ihn unter sich begrub. Sein Kopf schlug auf dem Boden auf, und er wurde ohnmächtig.

Sturm erwachte zu Musik – dem klagenden, einsamen Klang der Flöte – und einem komischen, nicht greifbaren Licht zwischen den Statuen. Zuerst hielt er es für eine Spiegelung in einem der zahllosen di-Caela-Spiegel, ein Strahl Mondlicht, der durchs Fenster fiel, seine eigene Bewegung, die ein Bronzepanzer zurückwarf. Aber da war noch die Musik, die er sich nicht erklären konnte, und die ergänzte das Licht zu einem weiteren, fesselnden Mysterium.

Er folgte dem Licht in einen Korridor, und die Musik begleitete ihn und hallte durch die staubigen Gänge. Während Sturm regungslos auf der Empore an der Treppe zum Vorraum stand, sah er, wie das Licht sich veränderte und wie Nebel auf die Doppeltür der unteren großen Halle trieb. Langsam folgte er dem Licht mit gezogenem Schwert, als es in die Mitte der großen, hohen Halle trieb und sich auflöste.

Sturm war durcheinander. Was er gerade gesehen hatte, war gewiß ein erstes Wahnbild des Verhungerns. Er setzte sich auf einen Mahagonistuhl mit hoher Lehne. Da er jetzt schwächer war und seine Stirn schmerzte, war er gar nicht mehr so sicher, ob er überhaupt wieder hochkommen konnte.

»Das ist also das Ende der Blitzklinges«, stellte er mit erschöpfter Ironie fest. »Im Speisesaal ihrer Burg ausgehungert!«

»Wenn das das Ende ist, dann ist das Geschlecht zu Dummköpfen und Schulmeistern heruntergekommen!« erklärte eine barsche, kaum wahrnehmbare Stimme irgendwo in den Dachsparren über dem Jungen.

Überrascht versuchte Sturm aufzuspringen, doch er taumelte vor Schwäche und Furcht.

»Was nicht heißen soll, daß so was zum ersten Mal in der Familie geschehen würde«, fuhr die Stimme fort. Sturm spähte in die schattigen Dachsparren.

»Wer ist da?« fragte er nervös, »und … und … *wo* seid Ihr?«

»Auf dem Balkon«, erwiderte die Stimme knapp. »Beim Rest deiner ehrwürdigen Ahnen.«

Dann breitete sich langsam vom Balkon ein merkwürdiges gelbgrünes Licht über den düsteren Raum aus, und der erstaunte Sturm erkannte, daß das Licht aus einer Gestalt mit Helm und Rüstung emporstieg, die rittlings auf der Balustrade saß – ein blasser, alter Mann mit unerträglich hellem Gesicht, doch seine Gesichtszüge waren verschwommen und fern.

»Wer ... wer seid Ihr?« stammelte der Junge.

Der Mann lehnte sich schweigend über den Balkon wie ein brennender Mastkorb oder ein Fuchsfeuer, jenes grüne, gasartige Licht tief in den Sümpfen. Über seine Kleider tanzte der Feuerschein, und eine weißglühende Flüssigkeit tropfte herunter, die auf dem Boden wie geschmolzenes Gold in glitzernden Pfützen zusammenlief. Angesichts der merkwürdigen, bedrohlichen Schönheit des Mannes hielt Sturm den Atem an.

»Seid Ihr derjenige, der ... mich hier eingesperrt hat?« fragte er, dieses Mal etwas sanfter.

»Nein«, antwortete der Mann schließlich. Seine volle, tiefe Stimme klang wie altes, poliertes Holz, und als er sprach, leuchtete die dunkle Mahagonitäfelung des Saals in grünlichem Licht. »Nein, ich bin kein Gefängniswärter. Und du bist der erste, der diesen Palast ein Gefängnis nennt.«

»Wer seid Ihr?« fragte Sturm erneut. Der Mann stand bewegungslos da, über ihm eine Feuersäule.

»Schau in deinen Schild, Junge, und sag mir, was du siehst.«

»Ich sehe glänzende Bronze«, sagte Sturm, »und mein Gesicht im Spiegelbild.«

»Halt ihn zu *mir* hoch, du Dummkopf! Und *dann* sieh dir das Spiegelbild an! Beim Barte des großen Paladin! Ihr Blitzklinges habt noch nie besonders schnell kapiert! Falls du ein Blitzklinge bist, wie mir dein Schild und dein Selbstmitleid verraten.«

Während sich der Mann zornig aufplusterte, hob Sturm den Schild und neigte ihn so, daß das helle Spiegelbild im Buckel zu sehen war. Ohne das grüne Licht sah der Mann noch blasser aus, wirklich uralt, und Sturm konnte sein Gesicht, den Schnurrbart und das Zeichen auf seinem Brustharnisch erkennen.

Hellrote Blume auf weißer Wolke vor blauem Grund. Das Zeichen di Caela, der verlorene Name in einem verlorenen Heim.

»Alter Großvater«, begann Sturm, der sich auf den Boden zwischen die Trümmer kniete, »oder Großvater von Großvätern, wer du auch sein magst. Oder *was* – ob Erscheinung oder Heiliger oder Erinnerung, ich grüße dich!«

Tapfer streckte der Junge in feierlicher Geste sein Schwert aus. Jetzt bewegte sich der Mann auf dem Balkon zum ersten Mal, um abwehrend mit dem linken Arm zu winken.

»Steh schon auf, Junge, oder was wir auch immer gesagt haben, wenn der Maßstab dran war und ich mit ganzen Scharen deiner Sorte fertig werden mußte. Das hier ist ein *Speisesaal*, kein Schrein, und ich bin Robert di Caela, nicht Huma oder Vinas Solamnus oder wen ihr auch heutzutage mit dem Schwert grüßt.«

Robert di Caela sank durch den Steinbalkon wie durch dunkles Wasser. Zuerst tauchten seine glänzenden Stiefel an der Unterseite auf, dann seine grünen Hosen und der sonnenbestrahlte Brustpanzer. Grellbunt wie ein großer Tropenvogel schwebte er sanft auf den Boden des Saals. Die Eichentüren, Sturms einziger Fluchtweg aus dem Raum, lagen offen hinter Robert. Sein wabernder Körper war so durchsichtig, daß Sturm sie sehen konnte. Leuchtende Flechten und Moose lösten sich von ihm und glitzerten hinter ihm auf dem dunklen Boden, als er näher kam.

Instinktiv wich Sturm zurück.

»Ein einfacher Hinterlandsritter bin ich«, sagte Sir Robert. »Und noch einfacher, seit ich nicht mehr lebe. Obwohl du hier den Staub aufgewirbelt und die Vorhänge bewegt hast, will ich dir nichts Böses, Junge – bin nur neugierig. Mal hören, was einen Blitzklinge nach all den Jahren hierher zurücktreibt.«

Sturm wich zurück bis zum Stuhl, in den er sich mit einem Plumps niederließ. Er kannte seinen Stammbaum gut genug, um nicht überrascht zu sein, daß ein Fürst di Caela nach neuem Klatsch hungerte.

Jedenfalls lehnte der Geist sich mit seinem weißen Gesicht, das von einem gepflegten, eleganten weißen Bart eingerahmt wurde, nach vorn. Das Gesicht sah aus wie eine Maske, denn in den leeren Augenhöhlen war die dunkle Magahonitäfelung zu sehen.

»Eine Suche, Fürst Robert –«, stammelte der verängstigte Junge.

»*Sir* Robert«, korrigierte der Geist. »Es gab mal Zeiten, wo wir uns mit aufgeblasenen Titeln zierten. ›Sir‹ war gut genug für solche wie deinen Urgroßvater und ihresgleichen.«

Sir Robert setzte sich auf eine wacklige Bank, durch die er beim Reden irgendwie durchrutschte, so daß er mit einem Puff im Staub landete.

»Das waren noch Zeiten, wo eine Suche eine große Sache war, mein Junge! Wir sind Zauberern nachgejagt! Vergessenen Welten und Würmern, die den ganzen Kontinent umschlangen!«

Der Geist schloß die Augen, als ob er von jenen alten Tagen träumte.

»Und worum«, fragte Sir Robert übergangslos, als seine blassen Augen aufflogen, »geht es bei deiner Suche, kleiner Blitzklinge?«

Als wäre er bezaubert oder aus Hunger schon jenseits von Lüge oder Verstellung, erzählte Sturm dem Geist die ganze Geschichte. Von der Nacht mit dem Bankett über seine vernebelte

Wanderung bis zu seiner Gefangensetzung hier in Kastell di Caela. Beim Erzählen fiel ihm auf, wie lang und gefahrvoll ihm alles unterwegs vorgekommen war, und wie platt und einfach und geradezu dämlich es sich nun anhörte.

Am Anfang der Geschichte hörte Sir Robert noch gebannt zu, aber seine Begeisterung hielt nicht lange an. Bald zeigte seine Miene nur noch höfliche Aufmerksamkeit, dann wurde sie gleichgültiger, bis der Alte schließlich fast einnickte.

»Ist das alles?« fragte er. »Du brichst auf, um einen Gegner zu treffen, der eindeutig stärker und geschickter ist, und du hast es geschafft, dich in meinem Schloß einschließen zu lassen, bevor du auch nur den halben Weg hinter dir hast?«

Sturm wurde rot und nickte, als Sir Robert ein dünnes, tiefes Glucksen von sich gab.

»Und?« fragte der Geist, der keine zwanzig Fuß vor dem Jungen herumschwebte.

»Sir?«

»Was weißt du über Geister, Junge? Um welche Rache habe ich gebeten?«

»Keine, Sir.«

»Und welche unerledigte Sache solltest du für mich zu Ende bringen?«

»Wirklich keine.«

»Sehr richtig. Wie ich sehe, hast du selbst schon genug unerledigte Angelegenheiten für ein ganzes Leben. Was für Schätze habe ich?«

»Sir?«

»Was für *Schätze*, verdammt! Du hast das Gebäude von den Zinnen bis zum Keller durchsucht. Was verstecke ich?«

»Nichts, Sir.« Der Junge war es leid, ausgefragt zu werden. Er war müde und hungrig.

»Was bleibt also übrig?« bohrte Sir Robert.

»Sir?«

»Was machen wir Geister *noch*?«

Sturm stand schweigend da. Sir Robert näherte sich ihm in Grün, Gelb und Rot.

»Wir beantworten Fragen. Ich bin zurückgekehrt, um eine Frage zu beantworten. Nein, ich werde *zwei* Fragen beantworten.«

Mit ausgebreiteten Armen schwebte der Geist gut zwei Ellen vor Sturms Stuhl. Obwohl ihm ganz flau im Magen war vor Hunger, sah Sturm dem Geist direkt in die Augen.

»Ich dachte immer«, meinte der junge Ritter zaghaft, »daß bei allem, was mit Magie zu tun hat, normalerweise *drei* Fragen beantwortet werden.«

»Handel nicht mit mir, Knabe!« fauchte Sir Robert. »Entweder zwei Fragen oder gar keine. Hier hält man nichts von dummen Traditionen. Zwei Fragen.«

Tausend Fragen gingen Sturm durch den Kopf, als er den Geist anstarrte – zur Geschichte, zur Geisterwelt, zur Religion …

Aber *welche* Fragen?

»Wieso kommst ausgerechnet du zu mir?«

»Ist das deine Frage?«

»Ja.« Sturm sah den Geist vorsichtig an. Sir Robert schwebte gut drei Fuß über dem Boden, als würde er in Wasser treiben.

»Tja, wenn ich das wüßte«, erwiderte Robert. »Nächste Frage.«

»War *das* deine Antwort?« rief Sturm aus.

»Ist das deine zweite Frage?« wollte Sir Robert wissen.

»Was? Ach … nein …«, stammelte Sturm. Er wurde still, und das grüne Licht in der großen Halle wurde allmählich intensiver. Jetzt verlängerten sich die Schatten von Bank, Thron und Trümmern, bis es so aussah, als wären alle Möbel über menschliche Proportionen hinausgewachsen.

»Ich … ich weiß nicht recht, was ich fragen soll«, sagte Sturm schließlich. Sein Kopf war voller alter Märchen über gefangene Zauberer, die Wünsche erfüllen sollten – wie sie ihre Herren dazu verleiteten, um Frühstückswürstchen zu bitten anstatt um Unsterblichkeit oder unendliche Weisheit. Was für ein Geist der da vor ihm auch war, er würde sich nicht von ihm reinlegen lassen.

»Ich finde, die Frage liegt auf der Hand«, sagte Sir Robert mit erstauntem Lächeln.

Sturm sah den Geist mit großen Augen an und setzte sich wieder auf seinen Stuhl. Jetzt stand Sir Robert über ihm. Die dünnen Arme hatte er über seinen luftigen Brustpanzer gefaltet, die Augen blickten in geisterhafte Ferne. Langsam senkte er den Blick zum Thron mit der hohen Lehne und zu dem sprachlosen, bebenden Mann hin, der darauf saß.

»Die Frage liegt auf der Hand«,wiederholte Sir Robert. »Ich finde, du mußt fragen, wie du hier rauskommst.«

Kapitel 8

Begegnung im Mondschein

»Na schön. Wie komme ich hier raus?« fragte Sturm.

»Ich dachte schon, du würdest nie mehr fragen«, erwiderte Sir Robert glucksend.

Der Geist drehte sich plötzlich in der Luft. Hinter ihm trieften grün und leuchtend wäßrige Lichtpfützen aus seinen Locken und Kleidern, während er aus der Saalmitte durch die Türen in den Vorraum ging. Mit gezogenem Schwert erhob sich der kampfbereite Sturm und folgte ihm.

Die Fußtapsen führten zu seiner Überraschung zurück in den Keller von Kastell di Caela, wo Sir Robert, der schwerelos vor ihm her trieb, unter die Treppe zurückhuschte.

»Eine Idee von Baumeister Bradley«, murmelte er. »Damit wir den Wein rausholen konnten, nachdem der Wurm die Keller aufgerissen hatte.«

Der Geist flog an einem umgestürzten Weinfaß vorbei direkt in die hintere Wand, wo er einfach verschwand. Nur die Oberfläche der Steine schimmerte noch grün.

»Komm schon!« drängte eine Stimme von der anderen Seite der Mauer, und als Sturm die Hand an die leuchtenden Steine legte, drehten sie sich plötzlich weg zur Seite, und frische Luft und Mondlicht umströmten ihn. Er trat aus dem Keller in den Burghof, der hell im silbernen Glanz von Solinari lag.

Sturm sah zurück. Sir Robert war verschwunden. Wieder wunderte er sich – warum ihm ausgerechnet *dieser* Geist von all den vielen Geistern, die in dem verlassenen Schloß hausten, geholfen hatte.

Luin trottete von den Ställen über den Hof herbei. Offenbar hatte ihr die Zeit allein nicht geschadet. Sie wirkte gepflegt, sogar gut gefüttert, obwohl sie immer noch Sattel und Zaumzeug trug wie zu dem Zeitpunkt, als er sie verlassen hatte

Sturm wühlte seine Packtaschen durch, fand dabei etwas Trockenfleisch, Quith-Pa und ein Stück angeschimmeltes Brot und schlang alles hinunter. Während er aß, knabberte Luin zufrieden an seiner Schulter, und nach einer Weile streichelte Sturm ihre lange Nase und redete mit ihr, denn er schämte sich, daß er so lange nicht an sie gedacht hatte.

»Und wie hast du dich über die Tage so gut verpflegt, altes Mädchen? Wie hast –«

Da erst sah er sich um und bemerkte, daß der Schloßgarten grün war und daß zwischen den Pflastersteinen im Hof dickes, saftiges Gras wuchs. Es hatte reichlich Weidegrund gegeben.

Er war eine ganze Woche im Schloß gewesen. Ganz sicher. Wenn nicht heute schon der erste Frühlingstag war, dann zweifellos in ein oder zwei Tagen. Sturm dachte wieder an das Julfest, an die strenge Warnung des grünen Mannes, daß er rechtzeitig zu der Verabredung zu erscheinen hatte.

Er würde zu spät kommen. Und alles, was über das Schicksal seines Vaters zu erfahren war, was ihm der Herr der Wildnis versprochen hatte, würde ungehört bleiben. Niemand würde davon erfahren ... vielleicht für immer.

Beim Gedanken an das »für immer« meldete sich ein dumpfer Schmerz in der Schulter des Jungen und jagte ihm einen plötzlichen Schrecken ein. Denn hatte Vertumnus nicht noch Schlimmeres versprochen, falls Sturm die Verabredung nicht einhielt?

Die Wunde würde blühen, und ihre Blüte würde tödlich sein.

Ohne weitere Gedanken sprang Sturm Feuerklinge aufs Pferd. Schnalzend und schmeichelnd ritt er ins ländliche Solamnia hinaus, wo die Monde die Landschaft verwirrten und die Wegweiser die Reisenden durcheinanderbrachten.

Er warf einen letzten Blick auf Kastell di Caela, das Heim seiner Urgroßmutter und deren Geschlecht. Irgendwie erschien es unwirklich, wie ein Teil des Nebels, der ihn zu seinen Toren geführt hatte. Als er weiterritt, konnte er die zwei hohen Türme sehen. Zum Hauptturm gehörte der Burgfried und der Saal, in dem er den Geist von Sir Robert di Caela getroffen hatte – der war für ihn nicht mehr neu. Aber hinter diesem Turm lag der andere, der Katzenturm, in dem die Familie seiner Urgroßmutter ihre spleenigen Verwandten beherbergt hatte – manchmal auch die wirklich Wahnsinnigen.

Im obersten Fenster des Katzenturms leuchtete ein Licht,

eine Fackel, die von einem blassen, älteren Mann in Prunkrüstung gehalten wurde. Selbst aus dieser Entfernung konnte Sturm das Wappen auf seinem Brustharnisch erkennen.

Hellrote Blume auf weißer Wolke vor blauem Grund.

Bonifaz war nicht weit hinter ihm. Daß Sturm aus dem Schloß entkommen war, hatte ihn überrascht. Er hatte gerade auf dem südwestlichen Erkertürmchen gedöst, wo seine blassen Augen am blassen Mond gehangen hatten. Er fluchte leise, um sich dann für diesen Fluch zu verfluchen, als der Junge sein Pferd bestieg und durch das Nordtor galoppierte, bevor er von der Mauer steigen und auch nur zum Stall gelangen konnte.

So findig hatte er den Jungen nicht eingeschätzt, der tatsächlich etwas von der Genialität der Feuerklinges in sich haben mußte. Wie sonst hätte er aus einem so fest verrammelten Schloß entkommen können?

Fürst Bonifaz Kronenhüter lächelte in sich hinein, während er sein Pferd aus dem Stall führte. Mit der selbstverständlichen Art eines Hauptmanns der Kavallerie schwang er sich geschmeidig in den Sattel und setzte Sturm und Luin nach. Der Hengst unter ihm fegte dunkel über die mondbeschienene Ebene.

Bald zügelte er ihn allerdings zum leichten Galopp. Es war nur eine Frage der Zeit. Schließlich hatte er vorgesorgt. Von hier bis zum Südlichen Finsterwald gab es noch einige Fallen. Und die nächste Überraschung war nicht mehr weit.

In gestrecktem Galopp jagten Sturm und Luin nach Nordosten – oder das, was Sturm für Nordosten hielt – über die Solamnische Ebene. Mit jeder Veränderung des Horizonts sanken die Hoffnungen des Jungen. Wer hätte gedacht, daß Solamia so weit war, so unvorstellbar groß?

Sturm schloß die Augen, während der Wind ihm um die Ohren pfiff. Also würde er nie zum Orden gehören.

Nachdem seine Panik schließlich abgeklungen war, zügelte er Luin zu leichtem Galopp. Da brachte die Luft ihnen von links den schwachen Schlammgeruch des Flusses.

Die Erforschung des Schlosses hatte seinen Orientierungssinn durcheinandergebracht. Er war nach Süden geritten, weg von der Furt und der Straße nach Lemisch. Das plötzliche Grün der solamnischen Steppe hatte Vertumnus' grünen Pfad verschluckt, und der Junge war eine Stunde lang über eine Ebene ohne Anhaltspunkte galoppiert.

Sturm brachte Luin zum Stehen, stellte sich in den Steigbügeln auf und überblickte verzweifelt die vor ihm liegende Landschaft, die abgesehen von ein paar Ewigkeitsbäumen hier und einem einsamen Vallenholzbaum dort in jeder Richtung gleich aussah.

Er dachte daran, wie sein Versagen und die Verzögerung – vielleicht sogar sein Tod – die Fürsten Gunthar und Bonifaz enttäuschen würde. Er dachte an Derek Kronenhüters Hohn und seine Schadenfreude. Die anderen Pagen und Knappen würden sich das Maul zerreißen wie ein Rabenschwarm …

Wo sind die Vögel? Das war es! Wo sind die Vögel?

Sturm fuhr hoch und sah sich um, und seine Verwunderung wurde zu einer vorsichtig wachsenden Hoffnung. Denn in *diesem* Frühling in Solamnia sangen trotz der Wärme und der Gräser keine Vögel. Die Ebene war so still wie im Winter.

Noch einmal stellte sich Sturm in die Steigbügel. Am Rand seines Blickfelds, im Osten, wo der Geruch des Flusses herkam, sah er wieder Winter und etwas erstaunlich Vielversprechendes. Denn das Grün der Ebene wurde plötzlich braun, und der Nebel über dem Land war Winternebel, den das Sonnenlicht nicht auflösen konnte.

»Also ... also ist immer noch *Winter*!« rief Sturm aus, der sich wieder in den Sattel setzte. Plötzlich erklang vor ihm frisch und lockend die Musik, die ihn über die Winterebene zog. Voller Überschwang spornte er sein Pferd an und trieb es in vollem Galopp nach Osten.

Er lächelte in sich hinein. Jetzt ging das Abenteuer erst los.

Luin schaukelte unter ihm, als sie auf ihrem Galopp durch bestellte Felder und Viehweiden über einen alten Zaun setzte. Die ganze Zeit spielte vor ihnen die Musik, lockte sie weiter, und hinter ihnen verwandelte sich das frühlingshafte Grün plötzlich wieder in das braune, eisverkrustete Land des Winters.

Sturm lachte. Von jetzt an war es leicht. Das war sein Gedanke, als er merkte, wie sein Pferd einknickte und strauchelte.

Sie hatten noch Glück, daß sie sich nicht verletzten oder gleich zu Tode stürzten. Sturm hatte blitzschnell reagiert und die Stute so nachdrücklich gezügelt, daß sie sofort in Schritt fiel und dann stehenblieb. Er saß ab und untersuchte den Schaden an ihrem rechten Hinterhuf.

Das war kein Zufall gewesen. Da er sich mit Pferden ausgezeichnet auskannte, war ihm sofort klar, daß jemand einen, vielleicht auch mehrere Hufnägel gelockert hatte. Das Hufeisen hatte bei jedem längeren Galopp verlorengehen müssen.

»Warum nicht früher?« fragte er laut, während er die Stute auf ein Ewigkeitsbaumwäldchen zuführte, weil sie Schutz vor dem Wind brauchten, der wieder kräftig und winterlich geworden war. »Wir sind zusammen durch den Nebel gerast, vor diesem ... diesem komischen Monster davon. Über viel unwirtlicheres Gelände als dieses. Warum hast du das Eisen nicht schon da verloren, Luin?«

Außer ...

Der Junge schüttelte den Kopf. Jemand hatte das Eisen in

Kastell di Caela gelockert. Derselbe jemand, der ihn eingesperrt hatte. Jemand, der ihm folgte und wollte, daß er zu spät kam.

Sturm lief in ungefähr östlicher Richtung weiter, während er verschiedene Möglichkeiten in Gedanken durchspielte. Luin folgte ihm am langen Zügel. Hin und wieder hielt sie an, um das trockene Gras abzurupfen. Wie die zwei jemals in den Südlichen Finsterwald gelangen sollten, war noch fraglich.

An diesem Nachmittag war die Musik, die aus dem smaragdgrünen Wäldchen vor ihnen drang, fast eine Erleichterung. Nachdem er die Stute festgemacht hatte, zog Sturm sein Schwert und drang in das Dickicht aus Wacholder und Ewigkeitsbäumen ein.

Es war nicht Vertumnus, der da spielte, wie Sturm sich erhofft hatte. Allerdings wirkte das Mädchen, das die Flöte hielt, fast ebenso wild und wissend. Ihre Mandelaugen und die spitzen Ohren wiesen sie deutlich als Elfe aus, und die Malereien auf ihrem Körper waren die der Kagonesti.

Das war alles, was Sturm von jenem zurückgezogenen Waldvolk wußte. Denn die Kagonesti waren die seltensten aller Elfen. Die Wildelfen lebten nicht in Städten, wie ihre Vettern aus Silvanesti und Qualinesti. Sie gehörten kleinen Stämmen an oder durchstreiften die Wälder und Sümpfe von Krynn allein. Sturm war überrascht, daß eine von ihnen sich hier so lange zum Flötespielen niedergelassen hatte. Er senkte sein Schwert, duckte sich hinter eine kleine Tanne und beobachtete sie voller Staunen.

Die junge Elfe saß im Schneidersitz auf dem Strohdach einer kleinen Hütte inmitten des Wäldchens auf einer Lichtung. Ihre dunklen Haare glänzten im Mondlicht. Gegen den Wind und die Kälte hatte sie sich in Pelze gewickelt, aber eins der braunen Beine hatte sie provozierend ausgestreckt. Es war nicht von Polarfuchs oder Hermelin bedeckt, sondern mit grünen Kreisen und Spiralen bemalt. An den Lippen hielt sie eine silberne Flöte, auf der sie eine langsame, getragene Melodie spielte.

Wie hypnotisiert von dem Grün auf Braun und den kreisförmigen Schwüngen der Bemalung merkte Sturm, wie ihm der Atem stockte.

Über dem Mädchen bewegten sich die Tannenzweige im Wind, um sich dann anmutig zur Seite zu biegen, als ob sie dem Mondlicht erlauben wollten, sie zu einem geheimnisvollen, einzigartigen Zweck zu beleuchten.

Als ob sie ihn mit ihrem Lied herbeigerufen hätte, tauchte schon bald der Mond in der Lücke zwischen den Bäumen auf und schien genau auf sie herab – oder eher zwei Monde, denn der weiße Solinari in seiner strahlenden, vollen Scheibe erwartete seine rote Schwester Lunitari, bis sie ihm am allerhöchsten Punkt des Himmels begegnete. Langsam schob sich der rote Mond in Sicht, während das Mädchen spielte und ihre Musik den Hain erfüllte.

Sturm war seltsam angerührt. Es lag ein solcher Friede in dieser Szene, als ob alles Gute – Schönheit, Gesundheit, Tugend, Reinheit – einen Augenblick lang zum Takt der Flöte tanzte. Es war auch etwas Trauriges daran. Nur zu bald, wußte Sturm, würde dieser Moment vergangen sein.

Deshalb ging er auch, steckte sein Schwert weg und wollte zum Weg zurückkehren, als er die Spinnwebe sah.

Die Stränge waren fingerdick und zwanzig Fuß lang, mit Zwischenräumen so groß wie Sturms Schild, und zogen sich wie ein riesiges Fischernetz von Baum zu Baum über die Lichtung. Sturm hob das Schwert. Die Spinne, die so etwas spinnen konnte, mußte so groß sein wie ein Hund … ein Mensch … ein

Pferd. Mit hocherhobenem Schild fuhr Sturm herum und hielt nach dem Untier Ausschau, doch bis auf trockene Blätter und ein paar Knochen von Raben und Eichhörnchen war das Netz leer. Geduckt lief der Junge zur Lichtung zurück, um das Mädchen zu warnen.

Er kam fast zu spät. Da war die Spinne, wulstig und riesig und grau-weiß gesprenkelt. Ihre Vorderbeine hingen über der ahnungslosen Elfe, die mit geschlossenen Augen und wehenden Haaren weiterspielte. Sturm schrie auf und sprang auf die Lichtung.

Die Musik hörte sofort auf. Erschrocken sah das Mädchen ihn an. Die Spinne sprang zurück und krabbelte mit kantigen, schnellen Bewegungen an der Seite der Hütte herunter. Augenblicklich stand sie mit erhobenen Vorderbeinen und blitzenden, klackernden, langen Fangzähnen zwischen Sturm und dem Mädchen.

Das Tier war mindestens sieben Fuß groß, doch Sturm hielt sich nicht mit Messen auf. Geschickt rollte sich der Junge aus dem Weg, wobei er an einen blauen Ewigkeitsbaum prallte und seinen Schild verlor. Die Spinne sprang ihm vergeblich nach, ihre tödlichen Fangzähne fuhren durch die Luft.

Hinter dem Monster sprang das Elfenmädchen vom Dach der Hütte und huschte selbst wie eine Spinne krabbelnd durch die dunkle Tür hinein.

Nachdem Sturm zur anderen Seite des Baums durchgebrochen war, hob er sein Schwert hoch über den Kopf, um dann auf die heranstürzende Spinne einzuschlagen. Das Tier erzitterte, lief zur Seite und kletterte dann einen Vallenholzbaum hinauf. Dort hockte es sich in die unteren Äste über dem Jungen, der schnell zur Seite sprang. Die Spinne sprang herunter und hätte Sturm augenblicklich zerquetscht, wäre er nicht nach vorn gehechtet, wobei er an den Stamm des Vallenholzbaums prallte und sich dann benommen und atemlos aufrappelte, um das Unterholz nach seinem Schwert zu durchsuchen. Die Spinne kam näher, stellte sich auf die Hinterbeine und warf sich dann wild nach vorn. Aber ihre Fangzähne trafen auf Angriff Feuerklinges Brustharnisch und prallten, ohne Schaden anzurichten, von der Bronzezier ab.

Mit einem Aufschrei riß sich Sturm von der Spinne los. Als er sich umsah, bemerkte er sein Schwert, das nur gut zehn Fuß entfernt lag. Er rannte hin, riß es hoch und rollte über den Boden, um anschließend mit erhobener Klinge, die auf die Spinne zeigte, auf die Beine zu kommen.

Doch die Spinne war nicht mehr da. Denn mitten in Sturms Turnerei war sie auf einen höheren Ast des Vallenholzbaumes geklettert, dann auf eine danebenstehende Lärche gesprungen, die sie wie ein Affe mit den beiden Vorderbeinen umklammert hatte, dann einen dicken, ausladenden Ast entlanggerast, bis sie wieder direkt auf dem Dach der Hütte saß.

Mit einem Aufschrei rannte Sturm auf die Hütte zu, rutschte auf dem Untergrund aus, stolperte über Wurzeln, Büsche und Brombeerranken. Die Spinne sprang über seinen Kopf und landete geschickt hinter ihm, wobei aus ihren Spinndrüsen eine dicke, zähflüssige Spirale drang. Diesmal war der Junge schnell genug, denn er wich dem Faden aus und stürmte mit vorgestrecktem Schwert auf das Tier zu.

Aber wieder war die Spinne verschwunden. Sturm sah sich verwirrt um, dann blickte er nach oben – gerade rechtzeitig, um dem Monster auszuweichen, das sich mit mörderischer Geschwindigkeit gerade zwanzig Fuß tief herunterließ. Als er auf die Lärche zurannte, wo das große Spinnennetz über ihm schimmerte, hob Sturm sein Schwert und schlug mehrmals in die dicken Seile des Netzes, bis ein langer Strang weich und fest in seinem Handschuh lag.

»So«, murmelte er, während er sich zu dem angreifenden Untier umdrehte, »wenn Schwert und Kraft mir nicht helfen ...«

Er wich aus und tauchte zwischen den zuckenden Beinen der Spinne durch, wobei er das Tau hinter sich herzog. Die Fangzähne klackten über seinem Kopf, doch dann war er unter dem Tier durch und hatte zwei von seinen Beinen mit seinem Seil umschlungen. Sofort wickelte der Junge das Seil fest um einen Baum und drehte sich wieder um, um erneut unter dem Tier durchzukriechen. Ein Fangzahn streifte vergeblich seinen Rücken.

Nachdem er so fünf ihrer Beine festgezurrt hatte, stürzte die Spinne auf den Waldboden. Sie wirbelte Staub und Blätter auf, als sie wütend um sich schlug. Ihr Schrei klang wie das Zirpen von Zikaden, ohrenbetäubend und schrill. Sturm schlüpfte aus seinem Handschuh, den er am Faden kleben ließ, hob sein Schwert auf und ging auf das gefesselte Tier zu. Triumphierend erhob er die Klinge ...

... doch das Elfenmädchen steckte den Kopf aus der Tür und schrie entsetzt auf.

»Nein!« rief es. »Halt ein, Mensch!«

Wie vom Donner gerührt trat Sturm von dem Tier zurück und senkte das Schwert. Voller Zorn schlüpfte das Mädchen aus der Hütte und lief über die Lichtung. Ihre dunklen Mandelaugen glühten.

»Mach das arme Ding los, du Schuft!«

Sturm konnte nicht glauben, was er da hörte.

»Mach ihn los, sage ich! Oder, bei Branchala, ...«

Sie zog ihr Messer. Instinktiv riß Sturm den Schild hoch, doch sie war bereits bei ihm, kniete sich neben dem Monster hin und schnitt die Spinnweben durch, die es festhielten.

»Ich ... aber ich ...«, setzte Sturm an, doch aus dem Blick, den ihm die Elfe zuwarf, sprach eine so schäumende Wut und so viel Haß, daß er seine Erklärungsversuche aufgab. Verlegen stand er dabei und sah zu, wie sie an dem Strang herumsäbelte. Schließlich kniete er sich widerwillig neben sie und setzte die Klinge seines Breitschwerts gegen die groben, klebrigen Stränge ein.

Nach ungefähr einer Minute war die Spinne frei. Sie stand wackelig da, als wäre sie gerade aus dem Schlaf erwacht. Sturm sah vorsichtig zu, hielt das Schwert tief, den Schild hoch, doch das Ungetüm taumelte, zirpte und rannte schnell in den Wald. In seinem Schrei lag ein seltsam schluchzender Ton, als würde es weinen. Völlig perplex sah Sturm, wie das Tier zwischen den Zedern, Pinien und Lärchen verschwand, wobei es ein verletztes Bein nachzog.

»Was –«, setzte er an, doch er brachte den Satz nicht mehr zu Ende. Die Ohrfeige des Elfenmädchens saß.

»Wie *kannst* du es wagen, mit deinem Schwert auf meine Lichtung zu platzen und hier ein Chaos anzurichten!« schrie sie. Dann hob sie die Hand, um ihn erneut zu ohrfeigen. Sturm wich stolpernd zurück.

»Ich dachte, du wärst in Gefahr«, erklärte er und zuckte zusammen, als sich das Mädchen plötzlich wieder bewegte. Diesmal allerdings strich sie sich nur die dunklen Haare zurück. Auf ihrem Gesicht rang Trauer mit Ärger.

»Du dummer Junge«, sagte sie still. »Du hast keine Ahnung, was du angerichtet hast, nicht wahr?«

Sturm sagte nichts. Mit schwachem, melancholischem Lächeln zeigte das Elfenmädchen zum Himmel.

»Guck nach oben«, sagte sie. »Was siehst du?«

»Eine Lücke in den Bäumen«, erwiderte Sturm unsicher. »Den Nachthimmel. Die zwei Monde …«

Sein Kopf drehte sich, als sie ihm wieder eine Ohrfeige verpaßte.

»›Die zwei Monde‹, richtig, du Knallkopf! Du vorschneller, bartloser, zwergenhirniger Möchtegernritter!«

Die Elfe wankte und klammerte sich an die stützende Rinde eines Vallenholzbaums.

»Zwei Monde«, sagte sie ruhiger, »die sich im Zeichen der Mishakal am Winterhimmel begegnen … wie oft, was meinst du?«

»Ich bin kein Astronom, Lady«, gestand Sturm. »Ich weiß nicht, wie oft.«

»Ach, nur so etwa alle fünf Jahre«, sagte das Mädchen mit aufeinandergebissenen Zähnen, wobei ihre glitzernden Augen den Jungen mit schwer beherrschtem Zorn fixierten. »Alle fünf Jahre, und dann kann eine besondere Melodie aus der neunten Tonart der Harmonien von Branchala, deren Feinheiten ein Musiker drei Jahre lang geübt hat, benutzt werden, um die Magie von Druiden und Zauberern zu brechen.«

»Verstehe ich nicht«, sagte Sturm, der zurückwich, als das Mädchen zornig einen Schritt auf ihn zu machte.

»Du verstehst es nicht«, wiederholte sie kalt. Ihre Hand spielte mit dem Messer: Klinge, Heft, Klinge. »Das Lied löst Verzauberung, hebt Flüche auf und erlöst die Transmogrifizierten.«

»Transmogrifizierte?«

»Alle, die in Spinnen verwandelt wurden!« fauchte das Mädchen und warf das Messer knapp an Sturms Ohr vorbei. Bestürzt stand er reglos da, während der Dolch gute zwanzig Fuß hinter ihm in einer kahlen Eiche zitterte. Eine Haarsträhne, die unterhalb seines Ohrs sauber abgetrennt war, fiel auf seine Schulter.

»Im unpassendsten Augenblick der letzten fünf Jahre«, sagte die Elfe, »bist du auf diese Lichtung getreten. Und hast so dafür gesorgt, daß Cyren vom Königshaus in Silvanost, Nachfahre von Königen und Herr über mein Herz, noch einmal fünf Jahre allein in seinen Netzen herumklettern muß. Mit acht Beinen und sechs Augen kann er Ungeziefer und Aas fressen, bis der weiße Solinari und der rote Lunitari auf ihren getrennten Pfaden durch den ganzen gottverdammten Himmel gesegelt sind, an Fixsternen und Wandelsternen vorbei, und sich wieder vereinen!«

»Ich … es tut mir …«, fing Sturm an, aber die Worte blieben ihm im Hals stecken.

»Keine Entschuldigungen«, sagte das Mädchen mit schiefem, gefährlichem Lächeln, als Solinari hinter die schwankenden Lärchen tauchte und die Lichtung nur noch im unbehaglich roten Licht von Lunitari lag. »Keine Entschuldigungen. Ich würde dich immer noch am liebsten umbringen.«

Kapitel 9

Mara und die Spinne

Nach ein paar Minuten hatte Sturm das Elfenmädchen beruhigt, indem er sie mit Entschuldigungen überhäufte und zugab, ja, er sei wirklich der dämlichste Junge des Kontinents, und um einen noch größeren Trottel zu finden, müßte man sich unter die Goblins von Trot wagen. Das befriedigte sie offenbar vorläufig. Sie seufzte, nickte und sah sich dann abgestoßen um, als ob die Lichtung, auf der sie zwei Monate gewohnt hatte, um das Aufeinandertreffen der Monde abzuwarten, plötzlich wirklich ein Netz von Spinnen geworden wäre.

»Hier kann ich nicht bleiben«, erklärte sie und ging in die Hütte. Sturm trat draußen von einem Fuß auf den anderen. Hinten zwischen den Ewigkeitsbäumen gab es eine kleine Bewegung, ein Rascheln im Unterholz, doch als er nachsah, was sich dort bewegte, war nichts zu entdecken.

»Spinnen«, murmelte er. »Ich wette, hier verwandelt sich alles in Spinnen, sogar das Mädchen und ich.«

Aber sie tauchte sehr unspinnenhaft kurz darauf wieder auf. Ihre Habseligkeiten hatte sie in einem Paket aus Sackleinen, Schlingpflanzen und Spinnweben zusammengepackt. Das Bündel war fast doppelt so groß wie sie, und sie trug es wie etwas Unhandliches, Zerbrechliches über der Schulter.

»Gut, dann bringst du uns eben nach Hause«, stellte sie fest, während ihre Knie unter dem Gewicht des Bündels einknickten. Sturm wollte ihr helfen, aber sie wehrte ihn mit einer Kopfbewegung ab.

»Nichts für dich. Ich pack' das auf ein Pferd«, kommandierte sie mit einem Nicken in Richtung Luin, die vorsichtig am Rand der Lichtung stand. Nach dem Kampf mit der Spinne war sie immer noch etwas scheu.

»A-aber das geht nicht, meine Dame. Das geht einfach nicht«, protestierte Sturm. »Sie hat ein Eisen verloren, und ich kann sie nicht beladen.«

Niedergeschlagen setzte das Elfenmädchen das Bündel ab.

»Das heißt, wir müssen zu Fuß nach Silvanost ziehen?«

Sturm schluckte. Obwohl er nicht besonders gebildet war, wußte er ungefähr, wie der Kontinent aufgeteilt war. Silvanost war fünfhundert Meilen Luftlinie entfernt, und eine solche Reise schien unendlich lang und mühsam.

»Aber ich muß nur in den Südlichen Finsterwald«, protestierte er.

Sie schüttelte den Kopf. »Jetzt nicht mehr. Jetzt müssen wir nach Silvanost, damit ich mich Meister Calotte zu Füßen werfen kann.«

Sturm runzelte verständnislos die Stirn.

»Der Zauberer«, erklärte sie trocken. »Wie du dich vielleicht erinnerst, Junge, ist mein Geliebter immer noch eine Spinne.«

Sie standen da und starrten einander an.

»Es ... es tut mir leid, Lady«, murmelte Sturm. »Um so mehr, als mein Weg nur bis zum Südlichen Finsterwald führt. Die fernen Grenzen von Silvanost sind, fürchte ich, jenseits meiner ... meiner Möglichkeiten. Ich habe keine Zeit. Ich werde vielleicht sogar verfolgt.«

Er hustete und räusperte sich.

»Unsinn«, sagte sie mit kalter, gepreßter Stimme. »Silvanost könnte am anderen Ende der Welt sein, und du müßtest mich trotzdem hinbringen. Das verlangt deine Ehre. Wie sagt ihr noch? *Est Sularis oth Mithas*'?«

Sturm nickte widerstrebend. »›Die Ehre ist mein Leben.‹ Aber woher weißt du –«

Sie lachte bitter. »Daß du zum Orden gehörst? Wenn es ums Schwert geht, ist keiner so unbesonnen wie ein solamnischer Jüngling. Du kannst in deinen Finsterwald ziehen und dort erledigen, was du mußt, aber ich komme mit. Und hinterher bringst du mich nach Silvanost. So einfach ist das. So verlangen es dein blöder Eid und Maßstab.«

Das ist eine Prüfung, dachte Sturm mit wachsender Angst. Das Elfenmädchen starrte ihn wütend, aber unschuldig an. Schließlich kann der Herr der Wildnis so leicht mit den Jahreszeiten spielen und sie wechseln lassen – warum sollte er keine Verbündeten haben? Fremde, aus dem Elfenvolk und wer weiß was für anderem Volk, die seinen Befehlen willig Folge leisten.

Spielt sie nicht auch Flöte?

Und woher sollte eine Elfe vom solamnischen Eid wissen, den der Maßstab so auslegt, daß Schwachen und Hilflosen geholfen werden muß?

Argwöhnisch schaute er das Mädchen an, das die Augen nicht niederschlug. Sie schien alles andere als schwach und hilflos.

Und doch würde Vertumnus es wissen, würde mich an Eid und Ehre messen, würde mich weiter prüfen ...

Er schüttelte den Kopf. Was wußte der Herr der Wildnis schon von Ehre? Was scherte der sich schon darum? Es war lächerlich, solche verqueren Verbindungen zu ziehen und ein grünes Komplott hinter dem Zwischenfall zu sehen.

»Tut mir leid«, begann Sturm.

Und ein tobender Schmerz zuckte durch seine Schulter, gegen den alle früheren Schmerzen nur ein leises Zwicken und Kitzeln gewesen waren.

Das ist der Tod, dachte er wieder, als er vor dem Elfenmädchen in die Knie ging. Es ist mein Zuspätkommen, meine Feigheit, meine Ehrlosigkeit ...

Und er dachte nichts mehr.

Das Elfenmädchen schüttelte ihn ziemlich unsanft wach.

Benommen sah Sturm zu dem Mädchen hoch, bis ihm alles einfiel: der Kampf mit der Spinne, der Zorn des Mädchens, ihre Geschichte und ihre Bitte, seine Ablehnung ...

Und der Schmerz, der darauf gefolgt war, stechend, zerreißend und weißglühend in seiner verletzten Schulter.

»Na schön«, murmelte er mit trockenem Mund und kratzender Kehle. »Also nach Silvanost. Aber denk dran, erst in den Südlichen Finsterwald.«

Bevor das Mädchen etwas erwidern konnte, war Sturm aufgestanden und hatte sich mit schnellem, geübtem Schwung ihre Sachen auf die Schulter geladen.

Der Schmerz in seiner Schulter war wunderlicherweise völlig verschwunden. Das überraschte ihn nicht. Bei der ganzen Begegnung hier im Wald hatte er Vertumnus' Hand gespürt, bei dem ganzen Abend voll Kampf, Musik, Versprechen und Mondlicht.

Sturm ächzte etwas unter dem Gewicht des Bündels. Plötzlich war die Last fünfmal so schwer, die Straße fünfmal so lang. Er dachte an Silvanost. Er dachte an die lange Reise über das Khalkistgebirge, an der Grenze zu Neraka durch die Schicksalsberge nach Sanction, dann hinunter nach Blod und nach Süden in den großen Wald. Immer zwischen Räubern und Ogern hindurch, wie er gehört hatte. Beinahe hoffte Sturm, daß Vertumnus ihn am ersten Frühlingstag umbringen würde.

Sie hieß Mara, und ihre Geschichte war die einer Kagonesti-Elfe, voller Magie, verbotener Liebe und Verhängnis.

»Vor vier Jahren ist es losgegangen«, erzählte sie auf Sturms Frage hin, als die beiden aus dem Wäldchen herauskamen. Es war früh am Morgen, und die Sonne, die über den Osthorizont blinzelte, war ihr Orientierungspunkt.

Sturm verlagerte das Gewicht des Gepäcks auf seinem Rücken. Obwohl die Sonne gerade erst aufging, war er jetzt schon müde, denn er war die ganze Nacht, beladen mit Mögen-es-die-Götter-wissen-was-für-Sachen, durch den Wald gelaufen. Mara, die Luin am Zügel führte, folgte ihm, und hin und wieder hatte er ganz in der Nähe das beunruhigende Geräusch gehört, wie eine Spinne von Ast zu Ast kletterte.

»Vor vier Jahren?« fragte er träge. Müde versuchte er, aufmerksam zu bleiben. Es fiel ihm schwer.

»Unten in Silvanost, wo die blonden, braunäugigen Hochelfen herrschen. Cyren war ein Calamon, Sproß einer der höchsten Familien, während ich nur die Magd seiner Cousine war.«

»Verstehe«, sagte Sturm. Er war sich nicht sicher, ob er wirklich verstand.

»Hindernisse von Anfang an. So daß die Sache nie einen geraden Verlauf nehmen konnte«, erklärte Mara.

Sie machte eine Pause, als würde sie sich erinnern. Sturm hörte, wie die Vögel hinter ihm aus den Lärchen aufflogen, weil sie etwas aufgeschreckt hatte – ohne Zweifel besagter Sproß.

»Wir sind uns«, fuhr Mara fort, »beim großen Friedensfest zum ersten Mal begegnet, bei dem Fest, das an die Unterzeichnung der Schwertscheidenrolle erinnert. Es findet jedes Jahr statt, und jedes Jahr ist es wie etwas ganz Neues. Der Wald füllt sich mit unvorstellbar vielen Lichtern, und zwischen den Bäumen leuchten Fackeln, die in Qualinost und Ergod entzündet wurden.«

Mara seufzte. »Es ist ein grandioser Abend. Wie du dir vorstellen kannst, werden die Frauen aus dem Königshaus, alle von der Tochter bis zur Dienerin, vor den Blicken der Männer bewahrt, weil ... nun, weil es einen unglücklich machen kann.«

Sie wurde rot und zog gedankenlos an Luins Zügeln. Die Stute wieherte und senkte widerspenstig den Kopf.

»Es war ein unvergleichliches Fest damals«, sagte Mara träumerisch. »Ich erinnere mich an seine Augen – an Cyrens natürlich. Er stieg aus dem Kanu, stand etwas unsicher am flachen Ufer des Thon-Thalas und schloß sich fast augenblicklich dem Traumtanz an, dem fünften und schönsten Tanz des Festabends. An seinem Tanzen konnte man erkennen, daß er ein adliger Qualinesti war, aber als die Cellos erklangen, sah ich ihm lange in die Augen. Braun waren sie und so tief wie der Wald, und sein Blick so klar, daß man meinen konnte, er würde nie die Augen schließen, würde nicht einmal blinzeln, wenn er in die Mittagssonne starrte. Obwohl ich die Augen seither nur dreimal gesehen habe, erinnere ich mich so genau an sie wie an die Lichter im Wald oder die schrägstehenden Sterne der Mishakal – die Sterne, die ich monatelang beobachtet habe, während ich auf die eine Nacht in fünf Jahren gewartet habe ...«

Sturm sackte in sich zusammen. Bei Maras Erzählung schien der Weg in den Finsterwald länger und länger zu werden.

»Aber genug davon«, beschloß Mara. »Du hast gefragt, wie es zu dem gekommen ist, was gestern abend stattfinden sollte.«

Sturm verlagerte wieder das Gewicht des Bündels. Spinneneier? Felsbrocken? Häuser? Was war in diese Decken und Blätter und Spinnweben eingeschnürt?

»Lord Cyren mochte mich auf Anhieb«, sagte Mara. »Im wechselnden Licht machte er mir zum Lied der Harfe und des tiefen Cellos mit Blicken den Hof. Aber ich war ein Dienstmädchen, meine Familie Kriegsbeute. Und obwohl Cyren gut aussah, verdrängte ich jeden Gedanken an eine Verbindung zwischen uns, denn das war einfach unvorstellbar. Und zudem war er ein merkwürdiger Exot – fast ohne Geschichte, denn er kam von den äußersten Grenzen des Waldes, und keiner seiner vielen Cousins hatte ihn je gesehen, nur wenige hatten überhaupt von ihm gehört.«

Schweigend wanderten sie weiter. Nach einer Weile erzählte sie weiter.

»In den nächsten Tagen schickte er mir Botschaften – auf kleinen Blätterbooten, wie Kinder sie als Spielzeug machen. Er ließ seine Botschaften auf dem langsam fließenden Thon-Thalas flußabwärts treiben, wenn ich hüfttief im Wasser stand, um die Kleider meiner Herrin zu waschen. Seine Worte waren neckisch und frech und verführerisch – er wollte mich zu sich locken.

Cyren schrieb, es gäbe eine Brücke am äußersten Westrand des Waldes. Wenn ich einverstanden wäre, mit ihm fortzugehen, sollte ich ihn im Mondlicht an der Brücke treffen. Wir würden gemeinsam über die Staubebenen davonreiten – in ein Land, wo kein Unterschied zwischen Kagonesti und Silvanesti gemacht wird, in dem die Leute Hochelfen nicht von Wildelfen unterscheiden können.«

»Solche Länder gibt es«, gab Sturm zu. »Ich glaube, Solamnia gehört durchaus dazu.«

»Selbst die Ritter können Elfen von Spinnen unterscheiden«, erwiderte Mara bitter. »Aber das kommt später.

Vorläufig sei gesagt, daß Cyren Calamon vom Königshaus jeden Tag seine grüne Flotte den Thon-Thalas hinuntersegeln ließ, doch jede Nacht kehrte ich in den Turm meiner Herrin zurück, ohne auf seine Briefe zu antworten. Es gehört sich nicht für ein Mädchen, so ... unüberlegt zu handeln. Er drängte und drängte, bis ich wußte, daß er es längst gelassen hätte, wenn seine Absichten unehrenhaft gewesen wären. Da willigte ich ein, mich mit ihm zu treffen – nicht an der Brücke, wo der Wald endete und die wilden, freien Länder jenseits unserer Grenzen winkten, sondern an einem sichereren Platz, an der Fähre westlich von Silvanost. Das war ein Ort, der außer Sichtweite der Marmorbauten lag, in denen König Lorac und seine Tochter im Sternenturm leben, und doch war es ein weniger ... riskanter und versteckter Platz als alles, was mein neuer Freund mir vorgeschlagen hatte.

Unsere Freude machte uns dumm. Obwohl unsere Begegnungen vorsichtig und sogar anständig verliefen, hat uns jemand gesehen, und vielleicht«, fügte sie zweideutig hinzu, »war dieser Jemand eifersüchtig. Und jemand hat die Geschichte von unseren Stelldicheins im Königshaus verbreitet. Ich bekam andere Arbeit, und meine Herrin zog in hochliegende Gemächer im Sternenturm um. Für *sie* war es eine Ehre – diese hohlköpfige, kleine Gans glaubte, ihre Wichtigkeit würde mit der Höhe steigen. Ihr wurde nie so recht bewußt, daß ihre neue Stellung am Hof irgend etwas mit ihrer Dienerin zu tun haben könnte. Aber für mich war es eine Qual.

So litten wir beide monatelang einsam vor uns hin. Beide sehnten wir uns nach einer mitternächtlichen Flucht an einen Ort, wo Herkunft und Abstammung nichts mehr zählen.«

»So einen Ort gibt es nicht!« rief Sturm aus, wurde aber sofort still, weil er sich über seine heftige Reaktion wunderte. Mara schien nichts zu bemerken, denn sie war in Gedanken bei ihrer Geschichte.

»Hier wird die Geschichte noch düsterer, Solamnier. Denn Cyren durfte den Turm nicht betreten, und die hohen Fenster waren außerhalb seiner Reichweite, solang er nicht die Flügel eines Vogels hatte oder klettern konnte ...«

»Wie eine Spinne?« fragte Sturm.

»Ja, wie eine Spinne«, nickte Mara. »Du verstehst den Plan, oder? Tja, sieh es als das, was es war – ein törichtes Risiko. Wie seit Tausenden von Jahren führte die Liebe das unkluge Herz zum Zauberer. Cyren ging zu Meister Calotte, in den dunkelsten Teil des Waldes, wo grau und fensterlos der Turm von Waylorn liegt, dessen Schatten sich mit den Schatten der Weiden und Espen mischt, bis alles Licht, ob Sonne oder Mond, von Blatt und Zweig und Knospe abgeschirmt wird. Es heißt, die Schmetterlinge dort wären schwarz und die Eichhörnchen blind, weil es so dunkel ist, daß sie sich nur nach Geruch und Gehör orientieren, so daß ihre Augen seit Generationen nicht mehr gebraucht werden.«

Sturm unterdrückte ein Lächeln. Für ihn klang das märchenhaft, dieser dunkle Wohnsitz des Zauberers. Aber er hörte zu, wie Mara das traurige Ende der Geschichte vortrug.

Unter scheinbarer Hilfsbereitschaft hatte Meister Calotte offenbar seine eigene Neigung zu Mara verborgen. Er war ein alter Elf und, soweit das Mädchen gehört hatte, unaussprechlich häßlich, so daß er so wenig hoffen konnte, sie zu gewinnen. Dem alten Calotte hätte auch kein Zauber helfen können, denn das Haus der Mystiker konnte feststellen, ob ein Wesen bezaubert oder herbeigerufen oder anderweitig verzaubert war, und die Silvanesti erkannten eine durch Hexerei zustande gekommene Heirat nicht an. Aber mit Geschick und Umsicht schien dem alten Magier alles möglich.

»Es war leicht«, erklärte Mara wütend, als sie und Sturm nachmittags auf einer felsigen Anhöhe mitten in der Steppe Rast machten. »Leicht, einen vertrauensvollen Cyren, der verzweifelt zu ihm kam, zu betrügen. Leicht, jemanden, der freiwillig dazu bereit ist, in eine beliebige Kreatur zu verwandeln. Leicht war es auch für Cyren, an der Wand des Sternenturms bis zu dem Fenster hochzuklettern, wo ich wartete.«

Mara lächelte und streckte auf dem harten Boden die Beine aus. Sturm stand neben ihr und starrte über die Solamnische Ebene, wo er weit im Osten den Dunst und das Schimmern von Wasser zu erkennen glaubte. Waren sie in der Nähe des Vingaard, oder waren das jene Luftspiegelungen, von denen Reisende aus Burg Thelgard oder der Stadt der verlorenen Namen immer wieder berichteten?

»Zuerst habe ich mich erschrocken. Wenn eine Spinne, die doppelt so groß ist wie du, auf deinem Fensterbrett auftaucht und dich zirpend hinauswinkt, wärst du auch vorsichtig.«

Sturm nickte. »Vorsichtig« war nicht das Wort, das ihm eingefallen war.

»Aber Cyren hat mir schnell zu verstehen gegeben, daß er keine gewöhnliche Spinne, sondern mein verwandelter Geliebter war.«

»Wie hat er *das* geschafft?« fragte Sturm, der sich ein Lächeln verbeißen mußte, denn er stellte sich vor, wie das Tier mit seiner schrillen, nichtmenschlichen Stimme Liebeslieder sang oder mit seinen Spinnweben Maras Namen schrieb.

»Er hat eine Art Leiter gesponnen. Ein Webgerüst, wie es die Druiden nennen, denn darauf spinnen die Tiere ihre Netze von Baum zu Baum. Es sind komplizierte Speichen und Spiralen. Aber dieses Webgerüst war nur eine Leiter. Sie führte von meinem Fenster aus sechzig oder siebzig Fuß am Turm hinab in die Tiefe, in die dunklen Äste darunter. Bei Branchala, hatte ich eine Angst!« lachte sie.

»Es war eine mondlose Nacht, so daß ich ungesehen herunterklettern konnte, doch daher habe auch ich nichts gesehen. Als ich einen Fuß unter den anderen setzte, war es, als würde ich durch Giftschlangen waten, aber das nächste, was ich weiß, ist, wie meine Füße das Gras des Waldes berührten und Cyren nach Westen zum Turm von Waylorn stürmte. Er hielt an, drehte sich um und spann einen Faden hinter sich, den ich aufhob, um ihm zu folgen wie … wie deine Stute dem Zügel.

So liefen wir durch den Wald. Keine Auge sah mich, kein Ohr hörte mich, bis wir den Thon-Thalas überquerten, durch ein Waldstück kamen, das ich nicht kannte, und eine Lichtung vor dem Turm erreichten.«

Sie erschauerte bei der Erinnerung daran.

»Sofort als ich sah, daß der Zauber von Meister Calotte stammte«, sagte sie, »fürchtete ich um uns – besonders um den armen Cyren. Denn ich hatte auch die Blicke des Zauberers schon bemerkt, die mir das Blut in den Adern gefrieren ließen, und ich befürchtete, daß seine Hilfe uns teuer zu stehen kommen würde. Und so erfuhren wir auch augenblicklich, wie wir bezahlen sollten.«

Mara stand auf. Indem sie Luins Zügel aufnahm, zeigte sie Sturm, daß die Rast vorbei war und daß es Zeit zum Weiterwandern war. Sie gingen den Hügel hinunter, gefolgt von der munteren Luin und dem Rascheln der Spinne im hohen Gras, während das Elfenmädchen den letzten, dunkelsten Teil der Geschichte erzählte.

»Wie du dir sicher denken kannst, Solamnier, weigerte sich der Zauberer, Cyren zurückzuverwandeln. Er saß bequem in der Astgabel einer Eiche, die so schwarz und verfault und düster war wie sein eigenes Herz.

›Mara‹, sagte er, ›meine süße Mara. Du weißt genau, wie Prinz Cyren wieder die Gestalt annehmen kann, die du so liebst, und du kennst den Preis sehr genau.‹«

»Schuft«, murmelte Sturm.

»Cyren hätte ihn an Ort und Stelle angegriffen!« rief Mara aus. »Er hätte ihn in Stücke gerissen und kaltes Gift in seine Wunden geträufelt, wenn ich ihn nicht zurückgehalten hätte. Aber der Tod von Meister Calotte, so glaubten wir, würde den armen Cyren für immer in die Gestalt einkerkern, in der du ihn heute siehst.«

Sturm warf einen zweifelnden Blick auf die Elfe. Nachdem er selbst mit Cyren gekämpft hatte und gesehen hatte, wie das Tier plärrend in den Wald geflüchtet war, fragte er sich, ob es Mara wirklich schwergefallen war, das rachedurstige Wesen aufzuhalten.

»Inzwischen«, sagte Mara, »sind wir schlauer. Aber damals verließen wir Silvanesti, weil es für uns beide kein sicherer Ort mehr war. Ich hatte schließlich dem Willen des Königshauses getrotzt, genau wie der arme Cyren. Doch sein Schicksal war schlimmer, denn seine neue Gestalt machte ihn zur Beute für jeden Jäger von der Hecke bis zur Bucht von Balifor.

Zwei Jahre wanderten wir umher, stets auf der Suche nach einem Weg, den Zauber von Meister Calotte aufzuheben. Wir reisten zu Zauberern und Schamanen, im Süden bis nach Eismauer, im Westen bis zum Turm von Wayreth in Qualinesti, dann auf einem anderen, schwierigen Weg durch Bloten und Zhakar und Khurikhan zurück, wo Elfen und Spinnen gleichermaßen unerwünscht sind. Im dritten Jahr hielten wir uns in den Ebenen von Abanasinia auf, wo wir eine Zeitlang beim Stamm der Que-Shu lebten. Ihre Seherin, die Häuptlingstochter, war noch ein Kind, doch sie hatte die Fallsucht und erlebte tiefe Trancen, in denen die Prärie zu ihr sang und die Sterne sich über ihr zu Spirale und Harfe formten.«

»Wahre Prophezeiungen also«, stellte Sturm fest.

Mara nickte. »Diese ... diese Goldmond«, fuhr sie fort, »sagte uns, daß der Zauber nur durch Musik zu brechen sei, wenn die Monde sich genau über diesem Ort in der Solamnischen Ebene vereinen würden.

Also warteten wir hier, Cyren und ich. Es verging über ein Jahr. In dieser Zeit lernte ich, auf der Flöte zu spielen, die das Mädchen mir gegeben hatte, und die Monde liefen durch die Zeichen von Hiddukel, von Kiri-Jolith, vom dunklen Morgion – immer auf dem Weg zu der einen Nacht, der Krönung eines fünfjährigen Kreislaufs, in der die Monde sich im Zeichen der Mishakal vereinen und heilende Veränderung möglich wird.«

Mara blieb auf dem Weg nach unten stehen. Sturm ging noch ein paar schwere Schritte weiter, denn das Bündel auf seinen Schultern lastete schon wieder auf ihm. Schließlich blieb er stehen und drehte sich um, weil er weder Stimme noch Schritte von ihr hörte.

Zornig und klein im Licht des frühen Nachmittags stand sie da. Verzweiflung malte sich auf ihrem Gesicht, und obwohl ihre Wut auf Sturm beim Erzählen irgendwie verflogen war, sah sie ihn mit erneut wachsendem Ärger an.

»Diese Nacht«, sagte sie kalt, »diese überaus glücksverheißende Nacht, in der die Monde sich vereinen und die Musik erklingt und der Zauber sich hebt – diese Nacht war *gestern*!«

Schroff zog das Elfenmädchen, dessen Gedanken offensichtlich anderswo waren, an den Zügeln und ging weiter den Hügel hinunter. Luin, die aus ihrer Trägheit gerissen war, schnaubte und folgte ihr. Sturm ging den beiden voran und grollte innerlich.

»Immer mache ich alles falsch, wenn ich mich einmische«, murmelte er. »Es war … es war doch ein *verständlicher* Fehler!«

Er sah zu Mara zurück, die ihn nicht zu hören schien.

»Zu Fuß über steinige Ebenen«, flüsterte der Junge durch zusammengebissene Zähne, »mit einer Last von zwei Tonnen und einer jammernden Begleiterin, mein Pferd lahm und irgendwo hinter uns eine riesige Giftspinne. Das ist keine Aufgabe für Helden, finde ich, aber wenigstens kann es nicht mehr schlimmer werden.«

Bevor einer von ihnen es bemerkte, zogen Wolken auf, als wenn ein Gott die Luft mit einer schnellen Handbewegung aufgerührt hätte. Plötzlich war das Land schwer und gespannt, und der Wind hatte einen leicht metallischen Geruch. Dann traf der erste Tropfen das Bündel auf Sturms Rücken, der nächste seine Nase. Luin wieherte erwartungsvoll, worauf sich vom Turm des Oberklerikers bis hin zum Vingaard die Schleusen des Himmels auftaten. Der Fluß toste wild in dem heftigen Regenguß.

Kapitel 10

Wetterumschwung

Im Südlichen Finsterwald rührte Vertumnus, der über dem klaren, grünen Teich in der Mitte der Lichtung kniete, spielerisch das Wasser um. Seine Finger strichen über die Wasseroberfläche und ließen Tröpfchen auf das Bild von Sturm und Mara regnen, die meilenweit entfernt in einem Regensturm gefangen waren. Evanthe und Diona schauten entzückt zu, wie das Bild waberte, sich auflöste und sich neu formte.

»Laß sie ertrinken!« zischte Evanthe böse. Ihre blassen Hände strichen dem grünen Mann eine Locke aus der Stirn.

»Weich sie richtig auf!« drängte Diona.

»Nur ein Regen«, lachte Vertumnus, der wieder im Wasser rührte. »Das Gras muß gegossen werden.«

»Nur ein Regen?« flüsterte Evanthe. »Nur ein Regen, wo du solche Wunder vollbringen könntest ...«

»Daß der Wind ewig davon künden würde«, schmeichelte Diona, die den Satz ihrer Schwester zu Ende brachte. »Was du alles tun könntest, Herr der Wildnis, wenn du den Sinn und die Vorstellungskraft und ... und den *Mumm* dazu hättest!«

Vertumnus beachtete die Dryaden nicht, sondern hockte da und blies auf das Wasser.

Im nebligen Spiegelbild des Teiches sah man wie von fern, wie durch eine Kristallkugel oder eine Kugel der Drachen, den jungen Mann und das Elfenmädchen, die sich als graue Gestalten im peitschenden Regen zusammendrängten. Plötzlich hob sich aus dem dunklen Bündel ein Arm, der zu einem Hügel zeigte, welcher Schutz bot. Sie hasteten darauf zu, so daß ihre Umrisse im Vorhang des Regens verschwammen. Hinter ihnen huschte zahm eine triefnasse Spinne, die mit sich selbst piepste.

»Regen fällt auf die Gerechten«, murmelte Vertumnus, der mit der Hand über den Teich strich, »und die Ungerechten.«

Der Nebel über der Wasseroberfläche teilte sich und zeigte ein Lager im Wald – ein zerrissenes Netz zwischen zwei Lärchen und eine erst kürzlich verlassene, strohgedeckte Hütte. Das Wasser im Teich beruhigte sich, und am Rand des Bildes tanzte ein abgeschirmtes Licht von einem gespiegelten Baum zum nächsten – eine Laterne in der Hand einer dunklen Gestalt mit Mantel.

»Ah«, seufzte der Herr der Wildnis und beugte sich vor, bis sein Gesicht fast die Wasseroberfläche berührte. Leise pfiff er etwas aus der magischen zehnten Weise, die alte Barden verwenden, um durch Steine oder um in die Ferne oder manchmal in die Zukunft zu blicken.

Das Bild zitterte, und der dunkle Mann im Wald hob die Laterne, so daß sein undurchschaubares Gesicht erkennbar wurde.

»Bonifaz!« rief Vertumnus aus. »Natürlich!«

Still und gründlich untersuchte der beste Schwertkämpfer von Solamnia Lichtung und Lager. Er trat in die Hütte und tauchte fast augenblicklich wieder auf, um sich stirnrunzelnd umzusehen. Während er seinen langen, dunklen Schnurrbart streichelte, stand er scheinbar gedankenverloren unter den zerschnittenen Spinnweben. Schließlich drehte er sich um und verschwand von der Lichtung, als hätte er die ganze Zeit gewußt, wohin seine Suche ihn führen würde. Die blauen Ewigkeitsbäume schlossen sich hinter ihm wie die Wasseroberfläche über einem Taucher.

»Wer ist das?« hauchte Evanthe.

»Ja«, echote Diona. »Wer *ist* das? Und warum verfolgt er sie?«

»Nur ein Schatten im Schnee«, erwiderte Vertumnus. »Aber wo ist die Herrin? Denn ihr Weg wird den seinen kreuzen.«

Die Dryaden sahen einander enttäuscht an.

»Diese alte Hexe?« fragte Diona verächtlich. »Was willst du von der, wenn du jemanden wie uns hier hast?«

»Diese alte Eule«, sagte Evanthe. »Die stinkt nach schwarzer Erde und Tod. Nicht einmal frische Kräuter können diesen Geruch überdecken.«

»Wo ist sie?« wiederholte Vertumnus.

Und während er ihre Ankunft erwartete, starrte er auf die ruhiger werdende Oberfläche des Teiches und hob die Flöte an die Lippen.

»Das wird eine Art Unterstand«, prustete Sturm, während er seinen Umhang über die langen Äste einer Eiche und eines Wasserahorns breitete. Es war so ähnlich wie ein Zelt, aber das Tuch war von dem Platzregen bereits triefend naß.

»Eine Art, ja«, sagte Mara. »Aber keine gute. Der Stein hier ist Kalkstein. Bestimmt gibt es irgendwo eine Höhle.«

»Dann such von mir aus nach einer Höhle«, meinte Sturm kurz angebunden. Der lange Marsch und der Regen hatten seine Geduld erschöpft. Schweigend knotete er die letzte Ecke seines Umhangs an einen Ahornzweig und trat zurück, um sein Werk zu bewundern.

Von Cyrens gewölbtem, schwarzen Bauch perlte das Wasser herunter, als er eifrig unter den zusammengeschusterten Regenschutz krabbelte. Er duckte sich, wurde von einem Dickicht seiner eigenen Beine verdeckt und knurrte zufrieden, während Mara, die draußen im Regen stand, sich ungeduldig zu ihrem solamnischen Begleiter umdrehte.

»Du bist kein Waldläufer, oder?« fragte sie, als der Umhang sich mit Wasser füllte und die Zweige sich immer tiefer beugten.

Sturm sah betreten zu, wie sein Zelt zusammenbrach und ein keckernder, fiepender Cyren in den Regen hinaus und halb die nächste Eiche hoch raste. In diesem Augenblick setzte die Musik erneut ein, drang durch den Regen und erhob sich laut über Cyrens Gezeter und die wiederholten Donnerschläge. Mara sah Sturm erstaunt an.

Der wiederum sah sie an, wobei er seine eigene Überraschung verbarg.

»Wir folgen der Musik«, sagte er. »Und wenn wir hier eine Höhle finden sollen ... nun, dann finden wir sie.«

Die Elfe öffnete den Mund zum Widerspruch, doch ihr merkwürdiger Begleiter mit seinem ernsten Gehabe und der schlecht sitzenden Rüstung hatte sich umgedreht und war in den strömenden Regen aufgebrochen.

Mara konnte Sturms glückliches Lächeln nicht sehen. Diese Zaubermusik konnte ihn verführen und ablenken, ihn in die Irre führen oder irgendwo in einem Sumpf versinken lassen. Aber dieses eine Mal hatte Vertumnus ihm zwei Gefallen getan: Die Musik führte ihn wenigstens *irgendwo* hin. Und sie hatte das ewige Mäkeln der Elfe für einen Moment unterbrochen.

Die Höhle war weniger als eine Meile von den Bäumen entfernt. Cyren sah sie zuerst. Mit aufgeregtem Gebrabbel lenkte er seine Gefährten zu dem kleinen, von Brombeeren verdeckten Höhleneingang. Aber seine Begeisterung ließ nach, als Sturm darauf bestand, daß Cyren in die Dunkelheit vorauskriechen sollte. Die Idee dahinter war natürlich, daß eine Riesenspinne eine eindrucksvollere Vorhut abgab als ein junger Mann oder ein Elfenmädchen, doch Cyren bewegte sich vorsichtig, streckte erst ein Bein vor, dann noch eins, dann ein drittes, als würde er über heiße Kohlen laufen. Er klickte nervös, erschrak über sein eigenes Echo und steckte den Kopf in die Höhle, um ihn gleich wieder herauszuziehen. Er starrte Sturm so klagend an, daß man geradezu Mitleid mit ihm hätte haben können, wäre er nicht so häßlich gewesen.

Sturm winkte die Spinne einmal, zweimal, ein drittes Mal zurück in die Höhle, jedesmal etwas ungeduldiger. Als Cyren schließlich wieder zurückzuckte, zog der Junge sein Schwert und winkte ruhig, aber entschieden noch einmal.

Brabbelnd betrat das Tier die Finsternis und hockte voller Panik im Höhleneingang. Nachdem er endlich sicher war, daß der Platz leer und sicher war, spann sich der verzauberte Prinz ein Netz in der hintersten Ecke und überließ sich zufrieden seinen seltsamen Träumen, in denen Elfentürme und schöne Mädchen Seite an Seite mit Fledermäusen, Schwalben und fliegenden Eichhörnchen standen – zahllose saftige, geflügelte Tiere, die sich in klebrigen Fäden verfingen. Als nächstes trat Luin ein, die warm und tropfend in der Mitte der Höhle stehenblieb, bis auch sie einschlief und die unergründlichen Träume der Pferde träumte.

Mara und Sturm saßen an einem schwelenden Feuer nahe beim Höhleneingang zusammen, denn sie waren zu naß und durchgefroren, um zu schlafen. Sturm hatte seinen Brustpanzer abgelegt, wobei er mehr als einmal vorsichtig zur Spinne sah. Sorgfältig, fast geziert, hatte er seine Stiefel ausgezogen, das Wasser ausgeleert und sie zum Trocknen ans Feuer gestellt. Mara hatte nichts dergleichen getan. Und so, wie sie in ihren nassen Pelzen zitterte, während das dunkle Haar naß an ihrer Stirn klebte, mußte sie sich eine Lungenentzündung holen.

Sie hätte das Naheliegende, Gesunde tun können, nämlich sich abzutrocknen und aus den Pelzen in eine warme Decke zu schlüpfen. Sturms Versprechen, daß er woanders hinsehen würde, ließ sie auch einen Augenblick zögern, bis sie ihm fest in die Augen sah und beschloß, daß sie ihm nicht trauen konnte. Statt dessen hob sie triefend und zitternd ihre Flöte an die Lippen und begann zu spielen. Es war eine ernste, kleine Volksweise von den Que-Shu, dem Volk aus den Ebenen, die Sturm erkannte. Sie verfolgte ihn, denn sie weckte Erinnerungen an seine Jahre am Krystallmirsee, weit im Süden in Abanasinia.

Zusätzlich zu allen anderen Schwierigkeiten bekam er von der Musik nun auch noch Heimweh.

»Für diesen Winter habe ich genug Gepiepe gehört«, schimpfte Sturm mürrisch und streckte seine Hände zum wärmenden Feuer aus. Zwischen nassem Pelz und nassem Pferd und dem Rauch des notdürftig entfachten Feuers entwickelte sich allmählich ein unerträglicher Geruch in der Höhle, und alles – Wetter, Begleitung und Situation gleichermaßen – schien sich gegen ihn verschworen zu haben.

»Genug Gepiepe?« fragte Mara mit durchtriebenem Lächeln, als sie die Flöte absetzte. »Hast du Angst, ich würde dich in noch eine Spinne verwandeln?«

»Mach doch«, meinte Sturm trübsinnig. »Cyren da oben sieht doch ganz glücklich aus in seinem Netz. Oder, wenn du schon flöten mußt, dann flöte die Weise von Chislev, damit wenigstens irgendwo unter uns Harmonie herrscht.«

»Du weißt also etwas über Bardenweisen«, stellte Mara fest. Sie war nicht sonderlich beeindruckt.

»Nicht mehr als das, was alle Solamnier lernen«, antwortete Sturm. »Sieben Weisen aus dem Zeitalter der Träume. Für jeden neutralen Gott eine. Die Philosophen behaupten, daß Musik und der Geist der Menschen so subtil verknüpft sind wie ... wie Cyrens Netz da drüben. Gefährliches Zeug allerdings. Die roten Götter sind trügerische Gefolgsleute.«

»Wirklich nicht mehr als das, was alle Solamnier lernen«, schimpfte Mara, und Sturm runzelte die Stirn. »Die roten Weisen sind nicht verräterischer als Tonpfeifenlieder. Sie machen dich zuversichtlich, weil man dir beigebracht hat, glücklich zu sein, wenn du ein flottes Stück in Dur hörst, und nachdenklich bis melancholisch, wenn das Lied langsam und in Moll ist. Mit den weißen Weisen ist das natürlich anders ...«

Sie hob die Flöte an die Lippen.

»Die weißen Weisen?« fragte Sturm, und wieder begann Mara, das kleine Lied aus den Ebenen zu spielen, doch diesmal rasten ihre Finger über die Flöte. Obwohl es dieselbe Musik war und das Elfenmädchen sie ebenso langsam und ruhig spielte wie vorher, lag ein anderer Unterton in der Musik, als wenn sie irgendwie plötzlich voller Tiefe und Richtung wäre. Cyrens

Netz zitterte und summte antwortend, und der Regen wich vom Höhleneingang zurück. Auf dem nassen Boden vor dem Eingang formte sich ein Regenbogen.

»Hast du das gemacht?« fragte Sturm skeptisch. Dann blieb ihm der Mund offenstehen, als er die Elfe ansah. Denn ihre Haare und Kleider waren trocken, als hätte die Musik sie wie ein heißer, trockener Wind umweht; Mara legte sich jetzt wohlig durchwärmt zurück und nickte beinahe ein.

Mit schweren Augenlidern sah sie Sturm an. Sie sagte nichts. Nur die Fäden des Spinnennetzes summten weiter wie ein Echo auf die verebbte Musik und wiederholten die Melodie noch einmal, bis auch sie zum Schweigen kamen.

»Was glaubst *du* denn?« fragte sie schließlich mit ferner, hallender Stimme, als wenn sie von irgendwo tief hinten in der Höhle zu Sturm spräche. »Das war die weiße Weise – der kriegerische Kiri-Jolith zusammen mit einer Regenhymne der Que-Shu, die das Wasser von deiner Schwelle treiben soll.«

»Aber ich habe nichts gehört – ich meine nichts, was wirklich anders war als vorher.«

»Wie traurig für dich«, sagte Mara, die die Flöte in den Feuerschein hielt und sie müßig betrachtete. »Wie traurig … und wie eigenartig.«

»Eigenartig?« fragte Sturm. »Wieso eigenartig? Es war doch die gleiche Melodie, oder?«

»Die eine schon«, stimmte Mara zu. »Aber die andere, die weiße, füllt die Pausen der roten, die Pausen zwischen den Noten des Lieds aus den Ebenen. Du hast sie nicht gehört, weil du sie nicht erwartet hast. Manche Leute können sie nicht einmal hören, wenn sie danach lauschen. Sie sind wohl so geboren. Vielleicht bist du einer von denen.«

»Was meinst du damit?« fragte Sturm gereizt. Er hielt sich wirklich nicht für unmusikalisch. Aber an diesem verregneten

Nachmittag hatten sich die beiden Melodien genau geglichen, und doch hatte in der zweiten all diese Magie gelegen.

»Was meinst du?« wiederholte er, doch plötzlich war das Mädchen aufgesprungen und stand lauschend da wie ein wildes Tier, wenn etwas Fremdes in sein Revier eindringt.

»Schsch!« hauchte sie. »Hast du das gehört?«

»*Was* gehört?« fragte Sturm ärgerlich. Wieder und wieder wurden anscheinend seine Sinne in Frage gestellt. Mara gebot ihm mit einer Handbewegung Schweigen, um dann mit dem Dolch in der Hand zum Eingang der Höhle zu schleichen. Hinter ihnen wurde Luin nervös, und Cyren klickte und pfiff irgendwo hinten in der Finsternis.

»Da draußen ist etwas«, flüsterte Mara. »Etwas bewegt sich auf der anderen Seite dieses Abhangs durch das hohe Gras.«

Sie sahen einander unsicher an.

»Zurück, Lady Mara«, befahl Sturm, dessen Zuversicht nicht besonders groß war. »Ich nehme an, das fällt mehr in mein Aufgabengebiet.«

Indem er sein Schwert zog, trat er in den Regen, beeindruckt von seiner eigenen Tapferkeit. Mara sah ihn zweifelnd an, was er jedoch kaum mitbekam. Erst als er schon halb den fraglichen Hang erreicht hatte, merkte er, daß er Helm, Brustpanzer und Schild vergessen hatte.

»So viel zu Feuereifer«, keuchte er, während ihm der Regen in Strömen über das Gesicht lief. »Jetzt gibt es kein Zurück mehr.«

Geduckt umrundete er den Hang in Richtung Süden. Einen Augenblick lang stand er unter einem riesigen, einzelnen blauen Ewigkeitsbaum, und alles um ihn herum war trocken und voller Duft und laut vom Trommeln des Regens auf die Zweige. Dann brach er schnell aus dem Schatten, das Schwert kampfbereit und einen wilden Schlachtruf auf den Lippen.

Keine zwanzig Schritte entfernt lief etwas Dunkles von Baum zu Baum und huschte hinter einen großen, bemoosten Felsen. Sturm wurde nicht langsamer. Weil er den Überraschungsvorteil hatte, rannte er über die Lichtung und überwand den Felsen mit einem einzigen, athletischen Sprung, wobei er die verhüllte Gestalt unter sich umwarf, bevor der Unbekannte seine Waffe erheben, sich ducken oder überhaupt etwas tun konnte.

In einem Gewirr aus Gliedmaßen, Roben und Wasser rutschten und kullerten die beiden den Hügel hinunter und wühlten beim Ringen den durchnäßten Boden auf. Irgendwann bei einem Würgegriff ließ Sturm sein Schwert fallen. Er wollte schreien, doch er landete mit dem Gesicht im Matsch und kam atemlos und spuckend hoch.

Fast sofort warf der Mann im Umhang Sturm wieder gegen den Felsen. Obwohl Sturm fast blindlings im Matsch nach seinem Schwert, einem Stein oder einem ordentlichen Ast tastete, fand er nichts als eine Handvoll Gras, Kies und Wurzeln, die er mit einem Schrei auf seinen Gegner schleuderte.

Der verhüllte Mann wich geschmeidig aus – die Bewegung eines Tänzers oder eines Akrobaten – und Sturms armseliges Geschoß verfehlte nutzlos sein Ziel. Obwohl er von der Wucht seines Wurfes taumelte und auf dem schlüpfrigen, regendurchtränkten Abhang ins Rutschen kam, gelang es Sturm, sich aufzurichten und erstmals einen näheren Blick auf seinen Gegner zu werfen.

So wie der Mann in seinem von Gras und alten Schlingpflanzen durchzogenen Mantel vor Matsch triefte, sah er aus wie eine Statue, die aus Wald und Nacht bestand. Langsam und ungehalten klopfte er seinen Umhang ab.

Sturm stockte der Atem und seine Augen suchten verzweifelt Felsen, Büsche und Hang nach seinem Schwert ab. Ganz links mitten im plattgewälzten, hohen Gras bemerkte er einen schwachen Metallschimmer.

Der Mann schwieg, und sein Gesicht war von Kapuze und Regen verdeckt, doch seine Bewegungen waren beunruhigend vertraut. Sturm hatte jedoch keine Zeit für Ratespielchen. Schlitternd sprang er den Hang hoch, wobei er mehr als einmal gegen den Felsen prallte, bis er sein Schwert erreichte, einen Augenblick bevor der Mann im Umhang ihn eingeholt hatte. Ein Handschuh legte sich mit festem, kräftigem Griff um sein Handgelenk, und Sturm flog gegen den Felsen. Die Welt blitzte weiß auf, als ihm die Luft wegblieb.

Langsam stand Sturm auf. Er staunte, daß es ihm gelungen war, das Schwert festzuhalten. Schmerzerfüllt hob er es hoch und wartete – getreu der festen Regeln zum Zweikampf aus dem Maßstab –, daß sein Gegner zum Schwert griff. Aber der Gegner stand reglos da, eine dunkle Silhouette im strömenden Regen. Sturm schwang das Schwert über seinem Kopf, aber dennoch tat der Mann nichts.

Dann ertönte wie aus der wassernassen Erde um sie herum der Klang einer Flöte durch die Regenluft.

Während Angst und Ärger um die Vorherrschaft rangen, schrie Sturm wieder: »Bei Paladin, ich fordere dich zum Kampf!«

Er hielt verwirrt inne, denn die Worte waren aus ihm herausgeplatzt, bevor er es sich noch einmal überlegt hatte. Aus Ärger und Angst hatte er beim Höchsten aller Götter geschworen. Eid und Maßstab banden ihn. Es gab kein Zurück.

Widerstrebend, fast als könnte er die Gedanken des Jungen vor sich lesen, zog der Mann mit der Kapuze sein Schwert. Sturms Klinge beschrieb einen schwerfälligen Bogen. Das Schwert des anderen wehrte den Schlag mit schneller, katzenhafter Anmut ab. Wieder griff Sturm seinen Gegner an, diesmal mit einem kräftigen Stoß, doch dieser parierte ihn leicht, fast gedankenlos. Sturm taumelte nach vorn, denn der bodenlose Leichtsinn seiner eigenen Attacke hatte ihn aus dem Gleichgewicht gebracht. Er fiel auf ein Knie und rutschte über den nassen Grund und kam erst wieder auf die Beine, als der Kapuzenmann lauthals lachte.

Wütend fuhr Sturm herum, hob das Schwert über seinen Kopf und ließ es mit einer plötzlichen, blitzschnellen Bewegung heruntersausen. Der andere konnte nur noch sein Schwert erheben. Eisen prallte auf Eisen, und der regennasse Hang hallte von dem Klingen wider.

Beide Männer taumelten zurück, denn beide waren von der Wucht des Schlags überrascht. Schweigend sahen sie einander durch den nachlassenden Regen an. Der Hang war von ihrem verrückten Kampf durchfurcht und zerwühlt.

Der Mann mit der Kapuze rieb sich die Schulter und wechselte das Schwert in die linke Hand. Langsam und selbstsicher deutete er mit der Klinge auf Sturm, der sein eigenes Schwert anstarrte, das geborsten und nutzlos in seiner Hand lag.

Verzweifelt zog Sturm sein Messer, trat zurück und starrte in die glitzernden Augen seines Feindes, der selbstsicher näher kam. Er bereitete sich auf den letzten Schlag vor.

Kapitel 11

Überraschender Besuch

Der Mann mit dem Umhang warf sich sofort voll geschmeidiger Stärke auf ihn. Sturm merkte, wie eine Hand zu seinem Handgelenk glitt und sein Messer mit einem schnellen, gewaltsamen Ruck ins hohe Gras fliegen ließ. Er wehrte sich verzweifelt, aber der Mann war zu stark für ihn. Er drückte ihn mit den Schultern auf den Boden.

Benommen fühlte Sturm das Schwert an seiner Kehle.

»Still!« rief der Kapuzenmann. Plötzlich sah er sich aufmerksam und nervös um, als könnte man seine Worte auf der ganzen Ebene, ja, dem ganzen Kontinent hören. Er kam hoch und steckte sein Schwert weg, um dann mit derselben knappen, athletischen Bewegung seine Kapuze herunterzustreifen.

»Du ...«, setzte Sturm an, aber vor Überraschung fehlten ihm die Worte.

»Jack Derry, allerdings, Sir!« flüsterte der junge Mann mit entwaffnendem Lächeln. »Ihr kennt mich doch vom Turm? Der Gärtner? Mit der Schubkarre im Hof?«

»J-Ja«, erwiderte Sturm, als Name und Gesicht in seiner Erinnerung zusammenfanden. Hier im trügerischen Mondlicht sah Jack Derry unnatürlich jung aus, sein Gesicht weich und bartlos wie das eines kleinen Jungen. Bei näherem Betrachten waren seine weichen, braunen Augen allerdings von der harten Reise gezeichnet, das schwarze Haar naß und zerzaust und der lederne Brustharnisch rissig und mitgenommen. Die schmückenden, grünen Rosen waren verblichen, aber noch zu erkennen.

Es war wirklich Jack Derry. Aber etwas an ihm war anders – über Wetter und Kleidung hinaus.

»Aber wie ... wie bist du ... und warum?« stotterte Sturm, dem die Worte fehlten.

»Reden wir lieber an einem trockenen Platz, nicht hier im Regen«, erwiderte Jack sanft. »Wenn Ihr mir so einen Platz zeigt, könnt Ihr fragen, und ich kann antworten.«

Sturms Augen wurden schmal. Das Wasser lief sein verschmiertes Gesicht hinunter. »Woher weiß ich, daß das kein Trick ist?«

»Bei den Sieben!« fluchte Jack Derry, der nach Sturms Arm griff. »Wozu habe ich eben Tricks gebraucht, als meine Klinge an Eurer Kehle lag?«

Das war überzeugend. Jedenfalls überzeugend, falls dieser Jack nichts Schlimmeres vorhatte und nur zu dem Elfenmädchen geführt werden wollte, das Sturm plötzlich kleiner und verwundbarer vorkam als zuvor.

»Nein«, sagte Jack ruhig und brachte sein Gesicht so nah an Sturms, daß der Junge nur noch die scharfen, schwarzen Augen des Gärtners sah und nur noch den durchdringenden Geruch von Wurzeln und feuchter Erde wahrnahm. »Ich führe gegen *keinen* von euch etwas im Schilde, Sturm Feuerklinge.«

Vor lauter Entsetzen hatte Cyren sich in seinem eigenen Netz verstrickt. Hilflos baumelte er hinten in der Höhle an einem einzigen, dicken Faden. Mara war dabei, mit ihrem Messer diesen zappelnden Kokon aus grauer Seide durchzusäbeln, als Sturm und Jack die Höhle betraten, gefolgt von Jacks dickem kleinen Pferd, das sie unterwegs abgeholt hatten.

»Ich brauche deine Hilfe«, drängte Mara mit einem Blick über die Schulter.

Sturm legte sein geborstenes Schwert zur Seite und wollte zu ihr gehen, aber Jack überholte ihn, hockte sich neben Mara und befreite die Spinne mit einer leichten Drehung seines Schwerts. Cyren kletterte in die obersten Fäden seines Netzes, wo er zitternd sitzen blieb.

»Es ist die Spinne in ihm, die ... die ihn so erschreckt«, erklärte Mara wenig überzeugend.

»Ich habe mich gewundert, warum mir keiner von euch zu Hilfe gekommen ist«, entgegnete Sturm.

Mara sah erst ihn an, dann Jack. Dann zuckte sie mit den Achseln. »Ich habe gesagt, da draußen wäre noch etwas anderes als Wind und Regen«, sagte sie ungeduldig. »Ich erinnere mich nicht, dir gesagt zu haben, du solltest es angreifen.«

»Aber ...«, fing Sturm an. Nach einem Blick von der Elfe zur Spinne, zum Gärtner und wieder zurück setzte er sich einfach auf den Höhlenboden.

»Ganz gleich, was hätte sein können, Meister Sturm«, sagte Jack, der am Feuer kauerte und seine schmutzigen Hände zum Wärmen ausstreckte. »Ihr habt noch andere Fragen, und zwar berechtigte, und ich werde mein Bestes tun, sie jetzt zu beantworten.«

Jack war anscheinend Sturms Verfolger gefolgt und hatte bei dieser Verfolgung eine Art Verschwörung entdeckt.

Nur so konnte Sturm sich den seltsamen Bericht aus dem Turm des Oberklerikers erklären. Jack war anscheinend mit seiner Schubkarre hinter dem Ritter und seinem Knappen hergelaufen, und was der Gärtner gehört hatte, war eine ganze Litanei von Fallen und Hindernissen für Sturm, von den Flügeln des Habbakuk bis hin zu den Grenzen des Finsterwalds.

»Fürst Bonifaz hat Fallen aller Art gestellt«, sagte Jack mit wachem, beunruhigend durchdringendem Blick. »Vom Hinterhalt über die Fallgrube bis zu etwas an der Furt, was ich aber nicht hören konnte.«

»Vielleicht hast du noch mehr überhört, Jack«, warf Sturm ein. Es schien unmöglich: Fürst Bonifaz, der Freund seines Vaters, verschwor sich mit Derek, um ihn auf seinem Weg zum Südlichen Finsterwald zu erledigen. Warum sollte er zu solchem Verrat herabsinken?

Und wenn er Verrat plante, warum an einem Jungen, der noch nicht einmal Knappe war?

Sturm beugte sich zum Feuer vor. Das war alles zu verdächtig. Dieser Bote hatte etwas an sich, das über Grünzeug und Dienst hinausging, auch wenn er nicht recht feststellen konnte, was es war. Und Jack war kaum der Einfaltspinsel, den er im Turm mimte.

Irgend etwas daran war faul, fürchtete er. Aber dennoch ...

»Es war vielleicht weit weg«, fuhr Jack fort, den Sturms

Zweifel überhaupt nicht störten. »So weit, daß es nicht einmal ein Fuchs gehört hätte – das gebe ich gern zu.«

Er sah Sturm an und kniff die schwarzen Augen zusammen. Und als dort am Feuer der regnerische Nachmittag in einen regnerischen Abend überging, wirkte der Gärtner wie eine grobe Schnitzerei, die ein altes Waldvolk in Eiche oder Erle getrieben hat.

»Die Entfernung gebe ich zu«, murmelte Jack Derry geheimnisvoll. »Aber was ist mit Eurem Aufenthalt im Kastell? Und das Eisen der armen Luin – wer hat wohl die Nägel gelockert? Und wer hat Euch schließlich das schlechte Schwert gegeben? Denn hier sieht man deutlich, wo der Bruch schon vor unserem Kampf ansetzte …« Er zeigte auf eine schmale, absolut gerade Kerbe rund um den geborstenen Rand der zerbrochenen Klinge.

»Alles Zufall«, erwiderte Sturm mit einem Hauch von Unsicherheit in der Stimme.

»›Zufall‹ ist Altsolamnisch für ›Weiß ich nicht‹«, sagte Jack augenzwinkernd zu Mara. »Na, na, Meister Sturm«, fügte er hastig hinzu. »Duell und Handgreiflichkeiten sind gar nicht nötig, denn Ihr könnt mir glauben oder nicht; mir ist das egal.«

»Aber dennoch bist du uns tagelang gefolgt«, sagte Sturm, der den unerwarteten Besucher ärgerlich über das Feuer hinweg anstarrte.

»Euch gefolgt? Nicht daß ich wüßte!« entgegnete Jack fröhlich. »Ich muß nur in dieselbe Ecke der Welt, um meine Mutter zu besuchen. Aber da trennen sich unsere Wege, wenn Ihr mich fragt. Oder jetzt gleich, wenn Euch das lieber ist.«

»Du willst also behaupten, daß du nicht den ganzen Weg gegangen bist, um mich zu warnen?« fragte Sturm. »Daß unsere Begegnung hier auf der Ebene mitten in einem Platzregen nur …«

»Zufall ist?« fragte Jack mit neugierigem Gesicht, und er und Mara platzten lachend heraus.

Sturm wurde rot vor Wut.

»So sei es also, Jack Derry«, erklärte er mit bester solamnischer Haltung. »Wenn es stimmt, was du von Bonifaz und allem anderen gesagt hast, dann haben wir keine Wahl. Wir müssen uns hier verkriechen und auf ihn warten. Wenn er vorhat, mich zu erledigen, aus welchem Grund auch immer, dann muß er mich erst einmal finden.«

Der Gärtner lächelte bloß. »Das geht nicht, Meister Sturm, falls das Gerede wahr ist, das ich im Turm gehört habe. Angeblich habt Ihr eine Verabredung – ungefähr am ersten Frühlingstag. Ihr habt vielleicht bemerkt, daß sich gestern abend die Monde, der große Solin und Luin, am Himmel getroffen haben.«

Sturm wagte keinen Blick zu Mara.

»Falls Ihr Euch mit Astronomie befassen würdet«, fuhr Jack fort, »würdet Ihr wissen, daß dies sehr selten vorkommt, nur ungefähr alle fünf Jahre, und dieses Jahr genau eine Woche vor Frühlingsanfang.«

Eine Woche! Dank sei Paladin und allen Göttern des Guten, daß mir noch eine Woche bleibt! Sturm stand auf und wandte sich vom Feuer ab.

»Bonifaz kommt vielleicht erst in einem Monat. Oder in einem Jahr«, fuhr Jack Derry fort. »Könnte ihm gefallen, einfach abzuwarten, bis Ihr Euer ... Treffen mit dem grünen Mann versäumt habt.«

»Du bist kein Gärtner, nicht wahr?« Sturms Hand ging langsam zu dem zerbrochenen Schwert. Du bist eine Falle, Jack Derry. Du bist das Werk des Herrn der Wildnis ... oder eine Erscheinung ... oder ... oder ...

»Wie könnt Ihr so etwas sagen, Sturm Feuerklinge? Habt Ihr

nicht gesehen, wie gut ich die Gärten des Turms gepflegt habe?«

Ein dumpfer Schmerz zog durch Sturms Schulter – nicht so scharf wie bei seiner Verwundung, wie in Kastell di Caela oder im Wäldchen in der Ebene. Nur ein starker, tödlicher Schmerz, der bis in die Fingerspitzen reichte.

Er konnte das Schwert nicht nehmen.

»Nein … nein, Meister Sturm«, fuhr Jack fort. »Ich bin von Grund auf Gärtner und nichts anderes, und Eure verwickelten solamnischen Intrigen sind mir ziemlich gleichgültig.« Seine Augen glitten zum Handschutz von Sturms Schwert und dann entwaffnend direkt zum Gesicht des Jungen zurück.

»Auch wenn Ihr ein guter Mann seid und angeblich von stolzer Herkunft, bin ich nicht so weit gereist, nur um Euch zu warnen oder mich in Eurer erlauchten Gegenwart zu aalen. Ich will an den Rand desselben Südlichen Finsterwalds, in ein kleines Dorf namens Dun Ringberg, wo mich meine alte Mutter mit der Aufregung einer alten Mutter erwartet, denn sie sehnt sich nach ihrem lange verlorenen Sohn, der nach Norden gezogen ist, um am Hof der Ritter etwas aus sich zu machen.«

»Dun Ringberg?« fragte Sturm.

»Noch zwei Tagesritte von hier«, sagte Jack. »Zu Fuß noch vier oder fünf Tagesmärsche durch die Ebene und an Flüssen entlang, die an Trot angrenzen, wo die Goblins hausen. Und in Lemisch, wo das Dorf ist, ist man den Rittern auch nicht sehr freundlich gesonnen.«

Jack stand vom Feuer auf und ging zu seiner gedrungenen, kleinen Stute. Sanft streichelte er ihr die Nüstern und raunte ihr etwas zu, das durch den prasselnden Regen draußen und das Knacken des Feuers drinnen nicht zu verstehen war. Die Stute hob den Kopf, schnaubte und ging zum Höhleneingang.

»Ich schätze, dann sollte ich jetzt mal aufbrechen«, sagte

Jack, während er die Stute nach draußen in den lauten, rauschenden Regen führte. Am Eingang der Höhle blieb er stehen, setzte den Fuß in den Steigbügel und wollte wirklich losreiten.

Mara stieß Sturm mit dem Ellbogen an, woraufhin der Stolz und Ärger überwand.

»Jack Derry?«

Jack stand still und erwartungsvoll am Höhleneingang.

»Jack ... kennst du einen Schmied in ... Dun Ringberg?«

»Allerdings, Meister Sturm«, sagte der junge Gärtner, der immer noch das Gesicht abgewandt hatte. »Nämlich meinen Vetter Wieland. Und zwar ein guter Schmied.«

»Gut muß er sein«, erwiderte Sturm, dessen Augen sich auf das Herz der Flammen richteten, »denn die alte Luin beschlagen kann jeder Lehrling, aber ein Schwert neu zu schmieden ...«

Jack drehte sich um und starrte den jungen Mann am Feuer hart und abschätzig an.

»Wieland Derry kann Euch jedes beliebige Schwert schmieden, Meister Sturm Feuerklinge«, sagte der Gärtner ruhig. »Und Euer Empfang in Dun Ringberg wird so sein, wie es einem vom Orden gebührt.«

Bonifaz zog den Mantel fester um sich, während er das flackernde Licht in der fernen Höhle beobachtete.

Es waren zu viele bei dem Jungen. Erst das Elfenmädchen mit seiner Spinne – zumindest mal unberechenbar und deshalb gefährlich. Dann der einfältige Gärtner, falls er einfältig oder überhaupt ein Gärtner war, der aus wer weiß was für Gründen in dieser Gegend unterwegs war. Sturm Feuerklinge hier aufzulauern würde zu viele unschuldige Leben in die Sache verwickeln. Zu viele Klingen. Zuviel Gefahr, daß wenigstens einer entkommen und es anderen berichten konnte.

Die es nicht verstehen würden.

Fürst Bonifaz Kronenhüter war schon einmal mit Zeugen fertiggeworden. Damals war es ein lästiger Ritter aus Lemisch gewesen, der sich erst kürzlich dem Orden und dem Maßstab angeschlossen hatte.

Der hatte auch nichts begriffen, und was dann geschehen war, war merkwürdig, häßlich, beinahe verhängnisvoll gewesen.

Also durfte es keine Zeugen geben, dachte Bonifaz lächelnd. Es würde noch andere Gelegenheiten geben. An der Furt und im Dorf …

Er stand auf, bestieg sein Pferd und ritt nach Osten. Die Hufschläge seines schwarzen Hengstes wurden vom strömenden Regen übertönt.

Sie brachen am nächsten Morgen auf, als der Regen aufhörte. Sturm und Jack gingen vor; sie führten die Pferde. Mara ritt auf Eichel, Jacks gedrungener brauner Stute, die auch leicht, wenn auch nicht begeistert, das Gewicht der Habe der Elfe trug. Hinter diesem Troß huschte Cyren, die Spinne, zwischen großen Steinen und hohem Gras hin und her und wich der Sonne aus, so gut es ging.

Auf Jacks Rat hin strebte Sturm nicht mehr zu der berühmten Furt bei Burg Vingaard. Wenn – wie er allmählich argwöhnte – an Jacks Warnung über die Fallen von Fürst Bonifaz etwas Wahres dran war, dann würden alle wichtigen Furten gefährlich sein.

Statt dessen hielt die Gruppe in östlicher Richtung auf ein kurzes Stück Fluß zu, wo Jack zufolge das Schwimmen so ungefährlich war wie die Furt. Hoch über ihnen schossen die Eisvögel durch die Luft, und wenn er auf Omen geachtet hätte, hätten die alten solamnischen Symbole auf Flügeln Sturm viel Mut machen können.

Trübsinnig trottete er neben dem jungen Gärtner her. Nicht genug, anscheinend, daß er gegen jemand, der so mächtig und erfahren war wie Vertumnus, sowieso zum sicheren Versagen verdammt war, jetzt lauerte ihm auch noch der beste Schwertkämpfer von Solamnia auf, falls er wundersamerweise seine Begegnung mit dem grünen Mann überleben sollte.

Das heißt, falls er Jack Derry glauben durfte. Es schien absurd – wie mitten aus einer uralten Geschichte über Blut, finstere Schwüre und Rache. Bonifaz war ein Freund seines Vaters. Angriff hatte ihn vor Fürst Tück gerettet, war mit ihm aufgewachsen. Sie hatten gemeinsam gekämpft, hatten gelernt, gelitten und an Weisheit gewonnen ... und ...

Schließlich waren da noch Eid und Maßstab.

Es konnte nicht wahr sein. Bonifaz konnte kein Verräter sein.

Sturm strich Luin mit dem Handschuh über den Hals. Ganz langsam kehrte das Gefühl in seine Finger zurück, so daß er an andere Dinge denken konnte – an die wenigen verbleibenden Tage und den langen Weg, der noch vor ihm lag.

Der Weg führte die Wanderer durch saftiges Weideland im Norden der alten Festung von Solanthus. An manchen Stellen begann der Boden schon grün zu werden, und die ersten Zugvögel waren aus ihren Winterquartieren im sonnigen Norden zurückgekehrt. Durch diese Frühlingszeichen konnte Sturm meilenweit über die Ebene nach Süden blicken und die berühmte Festung sehen, die sich grau und dunstig am äußersten Horizont erhob. Es war ein sagenumwobener, geschichtsträchtiger Ort, genau so einer, wie Sturm ihn gern besucht hätte. Doch er wagte es nicht, näher heranzugehen, nach allem, was Jack Derry ihm berichtet hatte. Bonifaz konnte überall auf der Ebene lauern und seine Verbündeten sowieso dazu.

Seufzend zog Sturm an Luins Zügel.

»Warum so bedrückt, Meister Sturm?« fragte Jack, der Eichel geschickt um kleine Tümpel herumlenkte, die ein Zeichen für gefährlichen Untergrund sein konnten. »Seid doch froh, daß wir den Regen hinter uns haben!«

»Es wird so schnell Frühling, Jack Derry«, erwiderte Sturm. »Zu schnell für meinen Geschmack, fürchte ich. Nur noch eine Woche, bis ich mich im Finsterwald dem Herrn der Wildnis persönlich stellen muß.«

»Seht Euch um, Meister Sturm«, stellte Jack gelassen fest. »Wo ist Vertumnus, und wo ist der Haken und die Leine, an denen er Euch nach Osten zieht?«

»Das verstehst du nicht«, protestierte Sturm. »Da wäre zunächst die Wunde. Ich weiß, im Turm lachen sie darüber. Sie sagen, ich hätte mir meine Verwundung eingebildet, aber sie *ist* da, bei Paladin! Aber was viel wichtiger ist, das ist die Ehre im Zweikampf. Ich kann nicht anders. Du kennst das nicht, Jack. Für Gärtner gibt es keinen Maßstab.«

Jack lächelte seltsam und rieb sich das Kinn.

»Keinen anderen als die Sonne, die Monde und die Jahreszeiten«, entgegnete er. »Ich bin *dankbar*, daß ich sie habe.«

»Und ich für den Maßstab«, sagte Sturm etwas übereilt. »Und … und natürlich für diesen herrlichen Tag.« Er sah sich um und versuchte, eine fröhliche Miene aufzusetzen. »Das ist ein milder Winterausklang, Jack. Kein Frost, und die Vögel kommen schon zurück. Mild wie der Frühling von Fünfunddreißig, möcht' ich wetten.«

Wenn die Bauern einen milden Frühling erwähnten, verwiesen sie auf das Jahr 335. Sturm erinnerte sich gut daran, obwohl er erst zehn gewesen war: Wie Schnee und Eis getaut waren und die Blumen in den Gärten von Schloß Feuerklinge erblüht waren.

»Mild ist er, Sir, auch wenn ich von Dreifünfunddreißig nichts weiß«, sagte Jack und zeigte nach Osten. »Am besten übernachten wir in dieser Gegend«, schlug er vor. »So nah an der Festung sind wir sicherer, was Räuber und Banditen angeht.«

Jack sah Sturm ernst an.

»Es wäre mir lieber, Meister Feuerklinge wäre nicht überrascht«, warnte er, »wenn er herausfindet, wie die Menschen auf dem Land auf seinen Eid und den Maßstab reagieren.«

Der Abend verlief ruhig, was Mara, ganz besonders aber Sturm, enorm erleichterte. Zum ersten Mal seit fast einer Woche schlief er den gesunden Schlaf eines jungen Mannes, weil er genau wußte, daß Jack Derry über ihr Lager wachte.

Der Gärtner hatte etwas an sich, daß nach einer Art blindem Vertrauen schrie. Sturm hatte es bei dem langen Tagesmarsch gespürt, als Jack aus dem Umspringen des Windes las wie ein Schwertkämpfer aus den Finten und Angriffen seines Gegners. Jack war ein zuverlässiger, ja, ein geborener Waldläufer, aber das war der gefährliche Mann, zu dem Sturm zum Duell ritt, zweifellos auch.

Sturm beobachtete, wie Jack das heruntergebrannte Feuer versorgte, betrachtete das gedämpfte, rote Licht, das Schatten auf seine Hände und sein Gesicht warf. In diesem Licht wirkte der Gärtner beunruhigend vertraut, als wenn sie sich schon das ganze Leben kennen würden.

»Seht genau hin, Meister Sturm und Lady Mara, dann seht Ihr die südlichste Gabelung des Vingaard«, sagte Jack.

Sturm stand auf Zehenspitzen und stützte sich an Luin ab, als er nach Osten blinzelte, wo die Luft weit, weit hinten zu flirren schien. Mara, die auf Eichel saß und mit scharfen Elfenaugen nach Osten schaute, nickte sofort, als Jack sie auf die Stelle hinwies.

»An dieser Gabelung ist es ein Kinderspiel«, fuhr der Gärtner mit boshaftem Grinsen fort. »Eure Spinne könnte glatt hundert Briefchen in ihren grünen Booten rüberschicken.«

Mara versank hinter ihnen in kaltes Schweigen. Sturm unterdrückte ein Lächeln. Bestimmt bereute sie es, ihre Geschichte überhaupt erzählt zu haben, besonders so scharfen, satirischen Ohren wie denen des Gärtners.

»Wie ich Euch beiden erzählt habe, als wir diesen Weg einschlugen, ist Schwimmen in dieser Gegend so gut wie eine Furtüberquerung. Der Fluß fließt langsam, und das Ufer ist auf beiden Seiten flach. Etwa eine Stunde später sind wir dann in Lemisch, und dann ist es nur noch ein Tag bis Dun Ringberg, wenn das Wetter mitspielt und die Banditen uns in Ruhe lassen.«

Tadelnd sah er Sturm an.

»Ich denke, Meister Sturm Feuerklinge«, sagte Jack, der sich das braune Haar aus der Stirn strich, »es wäre klüger, wenn Ihr einen Teil Eurer Rüstung ablegen würdet. Durch einen Fluß zu schwimmen, auch wenn er langsam fließt, geht leichter ohne vierzig Pfund Kettenhemd.«

Sturm wurde rot über seine Gedankenlosigkeit, zog den Brustharnisch aus und legte ihn mit dem Schild auf Luins wenig bepackten Rücken. Jack sah ihn mit trockener Belustigung an.

»So gibt es kaum einen Unterschied zwischen Solamniern und Bediensteten, was, Meister Sturm?«

»Folgt mir«, murmelte Sturm, der zum Flußufer marschierte. Jack schob sich jedoch ohne Umschweife vor ihn.

»Wenn ich so frei sein dürfte, Sir«, schlug er vor, »dann verzichten wir mal auf jedes Protokoll. Laßt doch einen vorgehen, der den Fluß kennt.«

Auge in Auge standen sich die beiden gegenüber. Sie waren exakt gleich groß und gleich schwer. Es war, als würde Sturm in einen umwölkten Spiegel sehen, in dem das Gesicht, das zu ihm zurücksah, ihm in Alter und Haltung glich, obwohl es gewiß nicht seines war.

»Ich schließe mich dem Gärtner an«, meinte Mara. »Ein Fluß ist selbst bei bester Führung noch unberechenbar genug.«

»Ich erinnere mich nicht, dich um deine Meinung gebeten zu haben«, sagte Sturm eisig, der der Elfe nur einen knappen Seitenblick schenkte.

Sturm sah über das Wasser. Es schien wirklich leicht durchquerbar zu sein. Der Fluß war an dieser Stelle nur dreißig Schritt breit, und gewaltige Bäume ragten über die Ufer hinaus – Ewigkeitsbäume natürlich und kahle Platanen und Vallenholzbäume. Die Zweige von einem berührten die eines anderen und formten ein dünnes Geflecht über dem Fluß, fast wie ein Webgerüst oder ...

... oder ein Netz.

»Cyren!« rief Sturm begeistert aus. Mara sah ihn verwundert an, aber Jack begriff sofort und trieb die widerstrebende Spinne zu dem breiten Stamm eines der vielversprechendsten Vallenholzbäume.

»Also, Lady Mara«, sagte Jack, dessen dunkle Augen intensiv funkelten. »Seid doch so freundlich und lockt Eure Spinne da über den Fluß und sorgt dafür, daß sie einen Weg für uns alle webt. Ich denke, Ihr könnt vorausgehen, Meister Sturm, wenn Ihr Euch an einem dicken Faden festhalten könnt und es einen klaren Weg durch den Vingaardstrudel gibt.«

»Den Vingaardstrudel?« fragte Sturm. »Ich – ich dachte, das ist östlich von hier.« Er hatte viele Geschichten über den trügerischen, veränderlichen Sog im östlichsten Lauf des Flusses gehört. Ja, sein eigener Urgroßvater war einmal fast von dem

Strudel mitgerissen worden, was das ganze Geschlecht der Blitzklinges und Feuerklinges ausradiert hätte. Seine Familie vertrug sich nicht allzugut mit Unterströmungen, und Jacks Gerede von dem Strudel verunsicherte ihn zutiefst.

»In dieser Gegend ist er nicht so schlimm«, erklärte Jack. »Aber ein Fluß ist immer gefährlich. Da ich mich mit dem Strudel und seinen Eigenheiten besser auskenne, sollten wir es vielleicht so machen, wie wir zuerst überlegt haben, daß ich vorgehe.«

»Na schön«, willigte Sturm ein, der dieses ritterliche Angebot auf der Stelle annahm. »Schließlich bist du ja aus Lemisch, Jack ...«

»Na, also!« rief Jack aus. Sein freches Grinsen wurde breit, als Cyren auf Maras Drängen hin und nach einem leichten Stups ihres Stiefels von einem Vallenholzbaum auf eine Platane und von dort auf einen Vallenholzbaum kletterte, um dann sicher das andere Ufer zu erreichen. »Du wirst einen guten Ritter abgeben, Sturm Feuerklinge.«

Ein festes, zähes Seil führte von Ufer zu Ufer, und Hand um Hand begannen die drei, den träge fließenden Fluß zu überqueren.

An der Stelle, die Jack ausgesucht hatte, war das Wasser wirklich ruhiger als anderswo. Sturm hielt sich mit einer Hand am Seil fest, mit der anderen führte er Luin am Zügel. Mara kam hinter ihm und führte die kleine Eichel sanft und geschickt durch die Wasserfluten. Vor ihnen klammerte sich Jack an und tauchte in den Fluß, kam wieder hoch und prustete vergnügt. Er war geschmeidig wie eine Robbe.

»Nicht mehr weit!« flüsterte er, als sein Kopf aus einem Wirbel auftauchte. Die dunklen Locken hingen ihm triefend über die Stirn. »Das könnt Ihr allen anderen Rittern und all den zukünftigen, kleinen Feuerklinges erzählen – wie Ihr mit Hilfe einer wagemutigen Spinne den Fluß überquert habt!«

In gespielter Überraschung riß Jack die Augen auf. Es war das ersteMal, daß Sturm ihn angelächelt hatte.

»Ja, so was, Meister Feuerklinge!« meinte er laut. »Man sollte meinen, da steckt jemand von Format unter diesen Orden und Maßstäben.«

Grinsend strich sich Sturm die nassen Haare aus dem Gesicht. In diesem Augenblick, als das Wasser des Vingaard ihn umtoste, fand er die Überquerung abenteuerlich und großartig.

Die Strömung war so laut, daß keiner von ihnen – nicht einmal die Pferde – hörte, wie sich die Räuber näherten. Der erste Pfeil fiel, als Jack die Mitte des Stroms überwunden hatte.

Kapitel 12

Nicht weit vom Stamm

Es war ein merkwürdig zusammengewürfelter Haufen, der sie angriff.

Menschen und Hobgoblins, die sich im Unterholz zusammengedrängt hatten, maskiert und unmaskiert, in Kettenhemd, Lederrüstung, Lederpanzer oder ganz ohne Rüstung. Mit wildem Geschrei schossen sie Pfeil um Pfeil auf die unglücklichen Wanderer ab. Zu deren Glück waren die Angreifer jedoch nicht gerade die besten Schützen.Die meisten Pfeile flogen harmlos über ihre Köpfe, obwohl einer mit einem scharfen

Aufprall Luins Sattel traf, was die arme Stute jedoch mehr erschreckte als verletzte. Doch nachdem die Banditen sich eingeschossen hatten, kamen die Pfeile allmählich näher.

Jack sah ruhig, aber fest zu Sturm zurück. Er zwinkerte, und seine schwarzen Augen nahmen die Umgebung in sich auf – die überhängenden Zweige, das knappe Dutzend Feinde, das sie am Ufer erwartete.

»Könnt Ihr es mit ihnen aufnehmen, Sturm Feuerklinge?« flüsterte Jack mit dem Rascheln von Eichenblättern in der Stimme, als er seine tropfende, blinkende Schwertklinge aus dem Wasser zog.

»Ich – ich habe keine Waffe, Jack«, sagte Sturm. Augenblicklich bereute er seine Worte. Seine Stimme klang schrill und dünn und fast zitternd neben dem Gebrüll der Banditen und dem nahen Zischen der vorbeifliegenden Pfeile.

»Unsinn!« rief Jack lächelnd aus. »Folgt mir, dann bewaffne ich Euch im Handumdrehen!«

Bevor Sturm etwas sagen konnte, zog sich Jack auf den Strang hoch. Wie ein Seiltänzer rannte er durch den Pfeilregen über das Seil, sprang am anderen Ufer hinunter und erledigte dort mit einem raschen, wirbelnden Schwertschlag einen Hobgoblin, der auf die Erde sank und das rote Ufer mit einem Strom glänzend schwarzem Blut überzog.

Gemächlich hob Jack das Schwert des Monsters auf und warf es zu Sturm hinüber, der seine Hand danach ausstreckte, die Augen schloß und ein Stoßgebet zu Paladin schickte, daß er das Heft erwischen würde und nicht die Klinge. Das kalte, beruhigende Gefühl von rundem Metall in seiner Hand verriet ihm, daß seine Gebete erhört worden waren, und mit seinem tapfersten Schlachtruf zog er sich an dem Strang durchs Wasser, bis seine Füße festen Grund berührten und er das Ufer hochrennen konnte, um seinem Kameraden zu helfen.

Schnaufend und schreiend und mit einer Spur aus Matsch und Wasser hinter sich, kletterte Sturm aufs Trockene und fuhr mit dem schweren Hobgoblinschwert in der Hand herum. Fünf Räuber hatten sich auf Jack gestürzt, während Sturm noch auf dem Weg zum Ufer gewesen war. Doch Jack Derry bewegte sich so schnell und gekonnt. Er schien mit den fünf leicht fertigzuwerden, aber schon brachen drei andere aus den Büschen, zwei dicke Hobgoblins und ein schlaksiger Mann mit einer langen Narbe an der Lippe.

Sturm stellte sich dem häßlichen Dreigespann. Ihre Bewegungen waren langsam und unsicher, eher das Getue von Kneipenschlägern als das zielgerichtete Verhalten von Soldaten. Das sollte doch leicht sein, dachte der Junge. Nachdem er sein Schwert zum ehrwürdigen solamnischen Gruß erhoben hatte, trat er in den Kampf ein.

Sehr schnell entwickelte er einen gesunden Respekt vor den Kneipenschlägern. Die Hobgoblins waren dick und stark und überraschend schnell, aber noch bedrohlicher war Narbenlippe, der magere Bandit, der im Hintergrund blieb, seinen Wurfdolch bereithielt und auf die leiseste Blöße wartete. Sturm wünschte sich den Schild seiner Vorfahren, als er nach links tänzelte, um die Hobgoblins zwischen sich und dem großen, mörderischen Mann zu halten.

Der kleinere Hobgoblin, ein zahnlückiger, gelbgrüner Schurke, der nach Aas stank, stürzte sich immer wieder auf Sturm. Jedesmal parierte der Junge seine Schläge, doch jedesmal wurde er auch weiter zurückgedrängt, immer weiter, bis er merkte, wie seine Füße im Schlamm des Flußufers zu rutschen begannen. Verzweifelt warf er sich nach vorn, glitt schnell unter dem ausgestreckten Schwert des Räubers durch und stieß sein Schwert unter dessen ledernen Brustpanzer, während sein Gesicht an dem seines Feindes klebte. Die gelben Augen des

Hobgoblins wurden groß und glasig, als Sturm ihn wegstieß, das Schwert aus seinem Bauch zog und sich seinem größeren Kameraden stellte.

Der große Goblin, dessen Keule so lang war wie Sturms Bein, schlug mit seiner Waffe krachend ins hohe Gras, als Sturm gekonnt beiseite sprang. Einen Augenblick war er in Narbenlippes Wurfbereich, und der hagere Mann trat vor, um anzugreifen. Aber Sturm sprang auf die andere Seite des großen Hobgoblins, der wieder seine Keule erhoben hatte.

Wieder und wieder schlug das Ungetüm mit seiner Waffe zu, doch jedesmal war Sturm viel zu schnell, seine Bewegungen viel zu unberechenbar. Hinter diesem seltsamen, mörderischen Tanz wurde Narbenlippe immer ungeduldiger. Wenn er den großen Banditen beobachtete, sobald er den angreifenden Hobgoblin kurz aus den Augen lassen konnte, sah Sturm den Mann vortreten, einen Wurf ansetzen und dann ärgerlich aufstampfen, wenn sein Ziel wieder in Sicherheit sprang.

So hätte es weitergehen können, bis Sturm müde wurde und die Keule oder der Wurfdolch ihr Ziel fanden, wenn Narbenlippe nicht zu ungeduldig geworden wäre. Mit frustriertem Aufschrei schleuderte der große Bandit seinen ersten Dolch.

Er senkte sich in den Rücken des Goblins, der mit dem Gesicht nach vorn in den Fluß fiel. Narbenlippe hatte einen zweiten Dolch parat, den er auf Sturm warf, der keuchend und sprachlos vor Überraschung und Müdigkeit dastand.

Sturm sah, wie der Räuber den Arm hob und vorschnellen ließ, so daß der Dolch wie ein Komet durch die Luft blitzte. Dann traf Sturm etwas von der Seite, und er fiel hin, worauf das Messer an seinem Ohr vorbeisauste.

Jack Derry kniete mit dem Schwert in der Hand über ihm.

»Bleib unten, Jack!« rief der junge Gärtner, der dann herumfuhr, um Narbenlippe anzugreifen.

Benommen und ausgepumpt versuchte Sturm aufzustehen, was ihm jedoch nicht gelang.

›Jack?‹ dachte er. Wieso nennt er mich Jack?

Aber es war keine Zeit für Erklärungen. Jack Derry rannte auf Narbenlippe zu, der einen neuen Dolch zog und ihn genau auf Jacks Bauch warf. Jack zog mit fast unnatürlicher Schnelligkeit seine eigene Klinge vor den Körper, um das Geschoß perfekt abzuwehren. Narbenlippe drehte sich um und wollte davonrennen, aber dann bäumte er sich plötzlich auf, denn ein Dolch flog über Sturms Kopf und bohrte sich in den Rücken des großen Räubers. Nachdem sie schnell wie eine Hirschkuh an Sturm vorbeigesprungen war, zog Mara Jack einen Dolch aus dem Gürtel und nahm neben dem Gärtner den Kampf auf.

Völlig erschöpft stand Sturm auf. Er sah zum Fluß, wo sieben tote Räuber lagen, die Jacks schwindelerregender Schnelligkeit und Tapferkeit zum Opfer gefallen waren. Aber weiter hinten kamen zehn oder gar zwölf weitere, die ihre Schwerter schwenkten und in der rauhen Sprache von Neraka schrien.

»Verschwinde hier, Jack!« rief Jack Sturm zu, der befremdet auf ihn zu taumelte.

»Und nimm sie mit«, sagte er mit einem Nicken zu Mara. »Nur die Götter wissen, was sie mit ihr anstellen würden!«

»A-aber-«, fing Sturm an, wurde jedoch unterbrochen. Jack wollte nichts mehr hören.

»Los, Jack!« schrie der Gärtner, so laut er konnte, und schüttelte zum Nachdruck seine dunklen Haare. »Beschütze diese Frau – und vergiß nicht, die Eichel fällt nicht weit vom Stamm!«

Er machte drohend einen Schritt auf Sturm zu und hob sein Schwert. Sturm, der jetzt überzeugt war, daß sein Begleiter verrückt geworden war, wich zurück, als Mara auf ihn zu rannte, ihn am Arm packte und ihn nach Süden am Ufer entlang zog.

»Mach schnell, Sturm!« flüsterte sie, während sie ihn mit aller Kraft über eine Wurzel zerrte. »Jetzt kannst du mich endlich retten!«

Völlig durcheinander warf Sturm einen letzten Blick auf den mutigen Gärtner und drehte sich um.

Obwohl er nicht gerade ein Held war, hatte sich Cyren wenigstens darum gekümmert, die Pferde das Ufer hoch zu treiben. Aufgeregt zertrampelten sie das hohe Gras, während ihre groben, rollenden Augen wieder und wieder zu der lauernden Spinne gingen. Sturm schwang sich auf Eichel und hob Mara zu sich hoch; sie wiederum hatte Luins Zügel ergriffen und zog das große solamnische Pferd hinter sich her. Als hätten sie die Flucht monatelang geplant, bewegten sich Eichels kurze Beine schnell und zielstrebig, während sie außer Schußweite und schließlich außer Hörweite trabte.

Sturm sah sich ein letztes Mal um, bevor die Äste und Büsche ihm den Blick zum Fluß versperrten. Der tapfere Jack stand lächelnd zwischen den Nadeln, den Zweigen und den frischen Blättern. Er reizte die Räuber, indem er sein Schwert schwang und auf eine merkwürdig dreiste Art herumtanzte, die Sturm irgendwie unklar an etwas erinnerte.

Fürs erste hielten sich die Räuber zurück. Jack hatte ihnen gezeigt, was er mit seiner Waffe vermochte, und keiner von ihnen wollte seine Schwertkunst als nächster auf die Probe stellen.

Aber das würde nicht lange dauern. Sturm schüttelte den Kopf und wurde traurig, als er sich dem vor ihm liegenden Weg zuwandte, um Jack Derry allein zurückzulassen. Wäre Mara nicht dabei, würde er Seite an Seite neben dem Gärtner kämpfen und die Nerakaner und Hobgoblins besiegen oder ihnen bis zum Ende trotzen. Aber sie war hilflos und zerbrechlich und ...

»Schau auf den Weg, Solamnier!« befahl das hilflose, zerbrechliche, kleine Ding, das ihn am Ohr riß, damit er wieder achtgab. »Jack Derry riskiert doch nicht seinen dummen Kopf, damit du uns den Hals brichst!«

Eine Stunde lang ritten sie schweigend, jeder in seine eigenen Gedanken versunken. Obwohl Sturm den Gärtner kaum kannte, trauerte er sehr um ihn. Er versteckte sein Gesicht dabei in den dunklen Falten seiner Kapuze. Dennoch war seine Verwirrung ebenso groß wie die Trauer.

»Jack«, sagte er schließlich zu Mara. »Warum hat er mich Jack genannt?«

Das Elfenmädchen zog die Pelze, die es bedeckten, enger zusammen. Mondlicht floß über die silberne Flöte in ihrer Hand.

»Damit sie *ihn* angreifen und nicht *dich*, du Einfaltspinsel«, antwortete sie und hob die Flöte an die Lippen.

»Das verstehe ich nicht, Mara«, sagte Sturm, der die ersten Töne der Musik unterbrach.

»Erinnerst du dich an die Fallen und Hinterhalte, von denen Jack dir erzählt hat? Die dieser Bonito –«

»Bonifaz«, unterbrach Sturm. »Fürst Bonifaz von Nebelhafen.«

»Bonifaz, Bonito ...«, meinte Mara wegwerfend. »Wer auch immer versucht hat, dich aus dem Weg zu räumen. Meiner Meinung nach hat Jack gedacht, die Räuber wären eine dieser Fallen.«

»Und daß er mich Jack nannte ...«, fing Sturm an, dem es allmählich dämmerte.

»Hieß, daß der andere junge Mann der Mensch war, den sie suchten«, sagte Mara. »Der, der dumm und solamnisch genug sein würde, sie alle aufzuhalten, damit wir entkommen können.«

»Also hat Jack sich … sich für *mich* ausgegeben!« rief Sturm aus, der vergeblich versuchte, Eichel wieder auf den Weg zu lenken.

»Sind alle Feuerklinges so begriffsstutzig?« fragte Mara ironisch. »Paß auf dein Pferd auf, Meister Sturm, bevor es uns noch bis ganz nach Neraka schleppt!«

Die Dunkelheit kam rasch und plötzlich, wie so oft gegen Ende des Winters. Sie waren durch hohes Gras und über die Äcker gestreift, immer vergeblich auf der Suche nach dem Weg nach Dun Ringberg. Westlemisch war offenbar so konturlos wie das Gesicht eines Mondes, und genauso gastfreundlich.

So weit Sturm sehen konnte, nicht eine Laterne oder Lampe, kein Holzrauch in der Luft, kein Geräusch von Herden oder Wachhunden. Es war ein menschenleeres Land ohne jeden Orientierungspunkt.

Sturm stieg vom Pferd. Vor ihm erstreckte sich das hügelige Land, doch die Wolken verdeckten die Sterne so gründlich, daß er nicht einmal Norden von Westen unterscheiden, geschweige denn sich vom Himmel leiten lassen konnte.

»Soviel zu Lemisch«, sagte er niedergeschlagen. »Alles eine einzige Weide.«

Mara blieb im Sattel und suchte blinzelnd mit ihren scharfen Elfenaugen die Umgebung ab.

»Dun Ringberg ist irgendwo in der Nähe«, sagte sie. »Da bin ich ganz sicher.«

Hinter ihnen bewegte sich das Gras, und Cyren krabbelte ins Freie. Er zog einen einzelnen, weißen Faden hinter sich her.

»Ich dachte mir schon, daß du schon mal in dieser Gegend gewesen bist«, sagte Sturm, der das Mädchen ansah.

»Allerdings«, meinte Mara ruhig. »Ich bin Jack Derry schon einmal begegnet – nicht weit von hier.«

»Was? Wie hast du ihn kennengelernt? Und wer ist Jack Derry wirklich?« fragte Sturm, der vor lauter Neugier alle solamnische Höflichkeit vergaß. Denn schließlich konnte die Elfe ihm vielleicht etwas sagen, was sie in das Dorf und zu Wieland, dem Schmied, und vielleicht in Sicherheit bringen würde.

»Ich wette, er wartet in Dun Ringberg schon auf uns. Um das Dorf zu finden, müssen wir zuallererst Osten und Westen unterscheiden können. Das wird uns der Sonnenaufgang früh genug verraten.«

Zwischen den Pelzen sahen ihn ihre dunklen Augen durchdringend und fragend an.

»Du weißt genau, daß es nicht so ist«, murrte Sturm. »Jedenfalls nicht früh genug. Das Land wimmelt von Banditen, und wir sollten lieber nicht mittendrin lagern.«

»Dann richten wir uns nach den Sternen«, erklärte Mara und hob wieder die Flöte an die Lippen.

»Nach den Sternen?« fragte Sturm skeptisch. »Schaut Euch mal die Wolken an, Madame ...«

Aber die Elfe hatte die Augen geschlossen, und eine unheimliche Musik erklang aus ihrem Instrument. Es war ein Choral aus Qualinesti, der Gilean dem Buch gewidmet war. Knappe Staccatotöne erfüllten die feuchte Luft um sie her, und Sturm sah sich vorsichtig um, denn er war sicher, daß die Musik sie den Räubern verraten würde.

Mara spielte, bis silbernes Licht auf ihrem Haar glänzte. Einen Augenblick lang dachte Sturm, sie würde aus sich heraus strahlen, doch dann merkte er, wie sich dasselbe Licht allmählich über seine Arme und Schultern, über Eichels Hals und die braunen Flanken von Luin hinten ausbreitete. Der weiße Solinari war durch die dichte Wolkenmasse gebrochen, so daß der Weg vor und hinter ihnen so hell war wie im Mittagslicht.

»Wie ich befürchtet habe«, sagte Mara, als das Lied vorbei

war und die Wolken sich wieder zuzogen. »Wir sind ein bißchen nach Süden abgekommen. Wenn wir so weiterziehen, kommen wir wieder zum Fluß.«

»Wie ... wie hast du das gemacht?« fragte Sturm, der Eichel nachdrücklich von dem Weg weglenkte, dem die störrische kleine Stute unbedingt folgen wollte.

»Gileans Weise«, sagte Mara gelassen, »mit dem Hohelied des Paladin in den Pausen. Wenn man sie kombiniert, entsteht ein Lied der ... Enthüllung. Vertreibt Wolken und Nacht und macht das Wasser so still, daß man bis auf den Boden eines Teiches oder Flusses blicken kann. In den Händen der großen Barden entlarvt es Heuchelei.«

Sie lächelte Sturm zu, der angesichts ihrer tiefen braunen Augen den Atem anhielt.

»Aber ich bin kein großer Barde«, schloß die Elfe leise. »Bei meiner Musik haben wir Glück, wenn das Wetter mal kurz umspringt.«

Sturm wurde rot und riß wieder an Eichels Zügeln.

»Nun, die Wolken haben sich lange genug geöffnet«, sagte Mara, die genau nach Osten zeigte. »Dort liegt unser Ziel. In dieser Richtung liegt der Finsterwald.«

»Aber wo am Waldrand finden wir Dun Ringberg?« fragte Sturm. »Das verraten uns die Sterne nicht. Wenn wir bloß Jack Derry hier hätten!«

»Ja, aber Jack ist verloren oder flußaufwärts oder ... anderswo«, sagte Mara. »So daß wir zwar leben, aber nicht schlauer sind.«

»Er hat mir zugetraut, den Weg zu finden«, murmelte Sturm untröstlich. »Er hat darauf gebaut, daß ich der Sohn meines Vaters bin, daß ich mehr vermag, als ich selbst glaube.«

»Guter Junge«, meinte Mara mit schiefem Lächeln, »im Namen der Sieben, wie kommst du denn *darauf*?«

»Er hat gesagt«, erklärte Sturm, »die Eichel fällt nicht weit vom Stamm. Was soll er damit schon meinen als Väter und Söhne?«

»Vielleicht etwas, was mehr mit ... Bäumen zu tun hat?« fragte Mara. »Oder einfach ein Rätsel, daß du nicht verstanden hast, weil du nur an Väter denkst? Schließlich konnte Jack dir nicht den Weg nach Dun Ringberg beschreiben. Die Räuber hatten schließlich Ohren und hätten uns wie Spürhunde verfolgt.«

Sturm nickte. Das klang einleuchtend. Jack war schließlich ein Mann voller Rätsel und Heimlichtuerei. Sturm saß auf seiner zunehmend widerspenstigen Stute und sann darüber nach, was er alles über Bäume gehört hatte, über Gärtner, über den mythischen alten Kalender der Dryaden, der angeblich einer Baumsymbolik folgt. Es half alles nichts. Er kam sich vor, als wäre er wieder im Labyrinth von Kastell di Caela oder im dichtesten Nebel des grünen Mannes.

Die Stute bockte wieder, worauf er wütend die Zügel anzog. »Bei den Göttern, Eichel!« fauchte er. »Wenn du nicht –«

Maras Gelächter ließ ihn stocken.

»Was soll das?« rief er, doch die Elfe lachte nur noch lauter.

»Laß die Zügel los, Sturm Feuerklinge«, sagte sie, als sie wieder Luft holen konnte.

»Wie bitte?«

»Denk doch nach, Sturm. Wer von uns kennt den Weg zum Dorf Dun Ringberg?«

Langsam und widerstrebend öffnete Sturm seine Hand. Die Zügel fielen schlaff über Eichels Hals, und als sie die plötzliche Freiheit spürte, drehte sich die kleine Stute um und schritt zielstrebig nach Osten, dann nach Süden, dann wieder nach Osten. Mara begann zu singen, ein altes Lied aus Qualinost mit den ebenso alten Worten.

»Die Sonne,
Das herrliche Auge
In unser aller Himmel,
Verläßt den Tag

Und läßt
Den verträumten Himmel
Mit Feuerfliegen übersät
Die das Dunkel vertiefen

Die Blätter
Verbreiten kaltes Feuer,
Verglühen zu Asche
Am Ende des Jahres.

Und Vögel
Bewegen sich im Wind
Und fliegen gen Norden
Wenn der Herbst endet.

Der Tag wird dunkel,
Die Jahreszeit kühl,
Aber wir
Erwarten der Sonne
Grünes Feuer über
Den Bäumen.«

Vor ihnen sprossen grüne Fußstapfen aus dem trockenen Bodenbewuchs. Eichel beugte sich hinunter und fraß leise einen davon. Luin folgte ihnen. Sie knabberte ebenfalls an den Fußstapfen und fraß so den Weg hinter ihnen auf. Sie hörten, wie die Spinne Cyren ihnen folgte.

Sie hatten noch keine zwanzig Schritt zurückgelegt, als auch vor ihnen Musik erklang. Eine wunderbar fließende Melodie gesellte sich zu Maras Gesang, und als Sturm die Augen schloß, sah er vor seinem inneren Blick flüssiges Silber wie einen Zauberfluß vorbeiströmen.

Also hatte Vertumnus wieder in die Musik eingestimmt. Sturm setzte sich im Sattel zurecht und überließ sich Eichels Orientierungssinn und der Musik um sich her. Obwohl das Lied des grünen Mannes unausweichlich zu ... Herausforderungen führte, führte es auch zum Südlichen Finsterwald. Und trotz der Risiken und Gefahren war das das Ziel seiner Reise.

Sie zogen weiter, und obwohl die Nacht undurchdringlich war, war Sturm jetzt viel leichter ums Herz zumute. Jack Derrys Rätsel war nichts gewesen im Vergleich zu den Mysterien, die vor ihm lagen. Aber daß er das eine gelöst hatte, gab ihm Hoffnung, auch die anderen zu lösen. Der Weg vor ihm sah jetzt weniger einschüchternd aus, und als die schwachen Lichter von Dun Ringberg vor ihnen schimmerten, stellte sich Sturm die Schmiede, das neugeschmiedete Schwert und einen geschlagenen Vertumnus vor, der, das Gesicht nach unten, am ersten Tag des Frühlings auf dem Boden lag.

Alles schien möglich, sogar wahrscheinlich. Er spürte das aufgeregte Kribbeln des Abenteuers. Er setzte sich im Sattel zurück, wobei er die schlafende Mara anstieß, die murmelnd ihre Arme fester um seinen Bauch legte. Einen Augenblick lang schien es, als wäre er für diese Reise geboren.

Er bemerkte die Männer erst, als sie wie Nebel aus dem hohen Gras auftauchten – plötzlich, schnell, ruhig und überlegt. Der Anführer, ein brauner, verhutzelter, kleiner Kerl, hob lächelnd die Hand.

»N'Abend, Sturm Feuerklinge!« rief er in fließender Gemeinsprache, jedoch mit deutlich lemischem Akzent.

Guter, alter Jack Derry, dachte Sturm bewundernd. Zu Fuß so schnell wie mit dem Schwert. »Holla!« rief er und sprang vom Pferd. Und dann, mit etwas mehr solamnischer Förmlichkeit: »Mit wem habe ich die Ehre?«

»Hauptmann Duir von der Miliz von Dun Ringberg, Sir!« verkündete der hutzelige, kleine Mann, dessen Strammstehen seltsam komisch wirkte. »Ernannt zum Schutz der Westgrenze.«

Sturm sah sich belustigt zu Mara um, die sich augenreibend im Sattel zurechtsetzte.

Sturm stieg ab, zog seinen Handschuh aus und streckte in guter, solamnischer Tradition die Hand aus. Scheu und verlegen reichte Hauptmann Duir ihm die Hand, und die beiden Männer begrüßten sich als Gleichgestellte.

Sturm nickte dem Bauernsoldaten lächelnd zu, der zaghaft zurücklächelte, während er die blauen Augen merkwürdig amüsiert zusammenkniff.

»Meister Sturm Feuerklinge von Solamnia«, erklärte der Hauptmann, dessen Griff um Sturms Hand fester wurde, »im Namen der Druidin Ragnell verhafte ich Euch als Eindringling!«